各种各样的爱

Many different kinds *of* love

A story of life, death & the NHS

MICHAEL ROSEN

[英] 迈克尔 · 罗森 —— 著

赵文伟 —— 译

中信出版集团 | 北京

献给艾玛，

献给乔、娜奥米、埃迪、劳拉、伊萨克、埃尔西和埃米尔，

献给凯蒂医生，

献给所有挽救我的生命，照顾过我并帮助我康复的

医生、护士、理疗师、

职业康复治疗师以及 NHS[1] 的工作人员。

中文版序言

2020 年 3 月，我感染了新型冠状病毒（简称“新冠”）。

这本书讲述了我当时的经历。有些内容是我自己写的，有些是我妻子写给我们家人的简讯，适时告知他们我的状况。有一封信是确认我已经到医院的医生写的，还有在我处于诱导性昏迷状态时照顾我的护士们写给我的信和日记。

对于全世界的许多人而言，这是一个艰难的时期。有些是因为家人病重或离世，有些是因为封锁和旅行限制，有些则是因为得了其他疾病无法得到治疗——因为医院要优先考虑新型冠状病毒肺炎（COVID-19，简称“新冠肺炎”）病人。

我想，我们也许要花很长时间才能弄清，面对疫情时，作为个体的我们和社会到底经历了什么。未来也许还会出现其他流行病。我真心希望我所生活的国家以及世界各地的人们，能从这次经历中吸取教训。

我们会给彼此讲这个故事，以及它对生存和康复的意义，我希望我的书也能成为其中的一部分。

迈克尔·罗森

2022 年 3 月

目录

第 12 天。一年四季，一夜之间流逝。出汗，发冷，出汗，发冷。我不知道我这张嘴是谁的。我怎么不记得它这么粗糙？水还是一如既往地好。

2020 年 3 月 27 日推特，@*MichaelRosenYes*

一　感觉不适

I FEELING UNWELL

2020 年 3 月 28 日

12 点 40 分

嗨，大家好！

最新消息：我们刚刚和一位高级急救员通了电话。

他认为米克[2]不用去医院，他的呼吸频率还不错，也能说出完整的句子。他认为，一用力就呼吸急促说明米克正在从一种病毒性疾病中恢复。（米克在床上躺了 13 天了，最近这几天正慢慢好转。）

如果情况有变，他的呼吸频率加快，我们就要拨打 999 了。事实上，急救员建议迈克尔自己去医院。当然，我会送他去，而不是等好几个小时的救护车。

好在他没有发烧，也不咳嗽。

急救员说，他正在从一种病毒性疾病中恢复，我也是这么想的，但愿急救员说得没错。

大家多保重！

非常爱你们。吻你们。

艾玛和迈克尔，埃尔西和埃米尔

我的朋友约翰说，做个检测吧。

全科医生[3]停诊了。
诊所的一段录音说，
不要来这里，
也不要去急诊室。
如果你认为
自己可能感染了新冠肺炎，
请拨打 111。

我拨打了 111。

我拨通了急救中心的电话，
并和一个男人讲话，
他问了我一些问题。
我说，我不咳嗽，
今天也没有比昨天更难受。

他让我继续服用对乙酰氨基酚[4]和布洛芬。
我照办了。

在家里的客房，
我对艾玛说，
我感觉缺氧。
房间里空气不足。
我说："我上不来气。"
有时候，我觉得很热，
比以往任何时候都热；
有时候，又觉得很冷，
比以往任何时候都冷。
我浑身哆嗦，仿佛在户外，
赤身露体。

我们看了一眼须知：
不要给全科医生打电话，
不要去他们的诊所，
不要去看急诊，
要给急救中心打电话。
我拨通了电话，
对方问我是否感觉比昨天更难受。
没有。
他又问我是否咳嗽。
没有。

他说他觉得我没事。
我继续服用对乙酰氨基酚和布洛芬。
空气不足。
我上不来气。

门铃响了。

艾玛叫我们的朋友，
一个做全科医生的邻居
过来给我看看。
她递给艾玛一个奇妙的玩意儿，
检测我是否能吸入氧气，
她在门口等着。
艾玛把那个仪器还给她。
她大叫道：
“你必须立刻去挂急诊。”
我说：“我走不动路，
去趟洗手间都直哆嗦。”
她说：“你必须马上去，
颠着屁股从楼上下来。
我给他们打电话，
告诉他们你这就过去。”

艾玛开车送我去看急诊。
我上气不接下气。
入夜了。
街上冷冷清清的。

我一进去，
就被几个戴口罩的人围住，
他们把一个氧气面罩扣在了我脸上。

迈克尔出院后，当地的一位全科医生，也是他们家的朋友，写了下面这封信给他，描述了他入院当晚的情景。不久前，他们共同编写了这本诗集——《就是这些手：来自 NHS 核心的诗》，为 NHS 的工作人员发声，并为其慈善机构筹款。当时，他们都没有意识到，NHS 的核心工作人员即将面临最严峻的挑战，也没有意识到，迈克尔的生命很快将仰赖他们的护理。

2020 年 10 月 12 日

亲爱的迈克尔：

我知道你一直想弄清你住院的情况，于是想写信跟你聊聊那天晚上的事。

随着新冠肺炎“大流行”肆虐英国，我从推特的推送上看到你身体不适，我对你的儿子乔说，我很乐意帮忙。

艾玛给我打电话那天，我正好收到一个包裹，里面装着一台血氧仪。越来越多的证据表明，对新冠肺炎患者的病情进行评估时，监测血氧饱和度有多么重要——

我单位的医疗包里有一台，但我认为买一台放在家里是个好主意。当时我没有意识到这个决定和交货时间有多么重要。

你一直感觉乏力，上气不接下气。我跟你和艾玛谈过，并通过电话测了你的呼吸频率和心率，还说我觉得你应该找医生看看，做一下评估。所有电话都要打给 NHS 111。听说有急救员会给你做检查，我松了一口气，我还以为检查是面对面进行的。

当我再次打电话询问时，艾玛说，有一位急救员已经通过电话对你的病情进行了评估，并说你的病可能快好了，建议你待在家里，除非病情恶化。尽管那之后你的病情确实没有恶化，但当时我就有一种直觉：我必须多做点儿什么。这听起来不太科学，但我已经学会了在生活和医学中相信这种直觉。

我没有任何个人防护用品，但我决定至少也要测一下你的血氧饱和度，所以就直接开车去了你家。我站在门口，把血氧仪夹在我的手指上，告诉艾玛怎么用，然后等她回来。

艾玛下楼来，说："血氧饱和度是 58%。"

一开始我以为肯定弄错了——她可能把你的血氧饱和度和同样显示在屏幕上的脉率搞混了。但是当她告诉我你的脉率是 115 时，我知道没错：血氧饱和度是以百分比的形式给出的，所以最高到 100%，正常值不低于 95%。我从没见过一个意识清楚的人血氧饱和度如此之低。

我说："我们必须马上送迈克尔去医院。"我尽量保持冷静，并拨打了999。我知道急救中心忙不过来，开车送你去医院更快，但我不确定你能不能从楼上下来。艾玛和埃尔西搀着你一个台阶一个台阶地往下走，我则继续拨打急救中心的电话，但座席太忙，我只好等待。

有她们搀扶，你终于下了楼，但走到楼梯底部时，你两腿突然一软，整个人瘫在最下面的台阶上，头低垂在膝盖上。我永远忘不了你当时的样子，你的头耷拉在膝盖上，你女儿埃尔西轻轻抚摸着你的后背，在你耳边说着鼓励的话。我看出你快要昏倒，而且病得很重。我知道我可能需要站出来，在没有任何个人防护的情况下争取让你醒过来。由于某种原因，那一刻，我忽然想到了你的儿子埃迪①。我清楚地记得，当时我想，"我不能让他死"。

后来，惠廷顿医院的一位顾问医师（consultant，相当于国内的主任医师）跟我说，再晚来一会儿就太迟了。

艾玛和埃尔西扶着你上了车。我提前打电话给急诊室，和一位医生说了一下你的情况，确保他们为你做好准备，避免任何耽搁。我看出来你很害怕，于是试着安慰你，说到了医院，他们给你吸点儿氧，你就会感觉好

---

① 迈克尔的儿子埃迪 18 岁时因脑膜炎去世。——原注

很多。你没有力气完全抬起头，也说不了话，但就在我关上车门之前，你对我浅浅一笑，竖了一下大拇指。

我看出艾玛很担心，但她应对这一切时的镇定自若令我深受感动。我站在人行道旁，拿着血氧仪，目送她把车开往医院，然后才上了车。我不得不承认，我哭了一场后才打起精神，开车回家。回到家，我的小女儿洛蒂跑过来要抱我，但被我拦住了，因为我意识到，在她碰我之前我必须先洗个澡，换身衣服。

接下来的几个星期，我经常和惠廷顿医院的医生沟通。我知道 ITU[5] 的工作人员忙得不可开交，所以我会先弄清详细的医疗信息、最新的消息和问题的答案，然后不慌不忙地转述给艾玛。在和那些照顾你的了不起的医务人员谈话时我做了笔记，最近我找到几页。这些笔记使我回想起你那段跌宕起伏的逐渐康复的旅程，还有你那时病得有多严重……

上 CPAP[6] 呼吸机时感觉疲惫……病情恶化……同意上呼吸机……ITU……肺栓塞[7]……亭扎肝素[8]……需要俯卧……正性肌力药物支持……参加临床试验……地塞米松[9]……糟糕的夜晚……体温骤升……炎症指标升高……CRP[10]250……继发性细菌性肺炎……对抗生素反应良好……肾脏和肝脏功能改善……自主呼吸……气管切开术[11]……逐步停用镇静剂[12]……谵妄[13]……脑 CT 检

查[14]……停用一切镇静剂……更平静……不再需要吸氧……转入康复病房……

当你又开始能自主呼吸时，感觉真像个奇迹。

你在 ITU 时，你的诗《就是这些手》成了献给 NHS 的赞歌——在电台朗诵，印在报纸上，甚至写在墙上。当听说 ITU 的工作人员把这首诗挂在你的床头，放在你和家人的照片旁边时，我深受感动。

在你整个住院期间，艾玛平静的勇气和力量，以及她对你的呵护和挚爱令我感动钦佩。她一直确保你得到最好的照顾，你的尊严和隐私得到保护。

不能去看你，她很难过，但我记得她第一次在屏幕上看到你时的情景，她是那么喜悦，尽管看到你身上插着很多管子。她说，“他还是那么迈克尔”。

她向我展现了平静、恒久的真爱意味着什么，以及在这些艰难的时刻，它有多么重要。

我相信，有艾玛和你了不起的家人的支持，你终将可以从这场大病中恢复过来。

吻你！

爱你的凯蒂

二　去医院

II GOING TO HOSPITAL

一个小个子男人走进病房。
他穿着不一样的制服。
我是说他的裤子，
没人穿那种裤子。
他走来走去，
背着手。
他说："对着你们的面罩深呼吸。"

有人管他要便盆。
他说："我不干这种事。"
他说，他觉得我吸气
吸得不够深。

有人管他要水喝。
"我不干这种事。"
"你吸得还是不够深。"

我说，感觉
面罩里呼吸不到空气。
我感觉胸闷。
我在寻找空气。

有人管他要杯茶。
“我不干这种事。”
我把手伸进面罩里，
没有空气进来。
我说：“对不起，
没有空气进到我的面罩里。”

他走过来。

“你的氧气罐是空的。”
“我想我需要一个满的。”
“是啊。”

因为无法获得探视，

左眼看不见，

没有眼镜，

连不上无线网，

还有充电线拉不到床边，

我发不了信息，

我感觉自己快要无家可归了。

我联系不上艾玛。

我开始觉得，她会以为

我不想给她发信息，

或者不想跟她说话。

我努力打出一条信息，

但读不了，而且

我的拇指按错了字母。

2020 年 3 月 29 日

晚上 10 点 32 分

大家晚上好！

刚和护士聊过。迈克尔还在吸氧、输液，也在用抗生素——据我所知，这是用来治疗肺炎的。她说这是“疑似新冠肺炎？”——他们不会用抗生素治疗新冠肺炎。所以我要咨询一下凯蒂医生，这是不是意味着迈克尔并没有感染新冠。

她说他挺好的，稳定、机敏、清醒。

我想知道他能不能看手机上的信息，或者有没有人念给他听。明天我会联系一下医院的牧师，看是否有人可以去看看米克，代我们问候他，给他读读信息，让他打起精神来。也许再给他弄一副老花镜。

最新消息——米克刚刚发来几条短信，说“非常令人愉快的信息”，“没有眼镜！”，“头昏眼花”，“很高兴呼吸状况有改善”，等等。

爱你们所有人。吻你们。

艾玛

我确信。

某个人。

某个言之凿凿的人。

这几乎是一种病：

要表现得确信不疑，

哪怕我并不确定。

或许，是一种病态的确信。

现在一切都不确定。

我不知道会发生什么。

我需要告诉自己

不必对此确信不疑：

听听医生怎么说，

等等看

会发生什么。

或者什么都不会发生。

2020年3月31日

下午2点19分

大家好！

米克刚给我发来几条短信。他吃了点儿东西，问我能不能给他送些西梅和其他水果。他说，“对面那老头儿能搞定”，也就是东西能送进去。这一听就是米克的口气！

我看能不能让牧师把水果和他的眼镜带给他。但不知道能否让他就此得到一点儿精神上的引导……

爱你们，就写到这儿吧！

艾玛

艾玛发给迈克尔的信息

2020 年 4 月 5 日

上午 10 点 31 分

这是一个美丽晴朗的早晨。今天是星期天，第 9 天，你已经熬过了 8 天 8 夜，米克。我知道这有多难受、多可怕，但是你做到了。太棒了！保持冷静，慢慢来。不着急——我们哪儿也不去！

吻你，爱你，吻你。

刚和护士聊了几句。她说你的情况很稳定，很平静，他们正在给你擦洗身体。听她那意思，昨天晚上他们不得不提高你的级别，但今天早上你好像又稳定下来了。这些夜晚很难熬。米克，我知道。

吻你，吻你。

下午 6 点 52 分

医生告诉我，你的情况又稳定下来了，气色也好了很多。你改变了俯卧的姿势，这对你很有益处；而且你一直在吃东西。这一切在我看来都是进步。我希望你可以因此受到鼓舞并安下心来，尽管进展看起来非常缓慢，而且很辛苦，但总归在朝着好的方向走。水果鸡尾酒和探戈舞曲明天就会有。

非常爱你，吻你。

晚上 7 点 58 分

你知道，出大事了，女王要发表讲话[15]，还没到圣诞节呢……

吻你。

4 月 6 日，星期一，凌晨，一位医生打电话给艾玛，说他们将再次把迈克尔送入 ICU，并会使用呼吸机，使其进入诱导性昏迷。他已经同意了。

2020 年 4 月 6 日

零点 52 分

我们非常爱你，好好休息吧。我们很快就会见到你。爱你，吻你。

一位医生站在我床边，
问我是否愿意在一张纸上签字，
允许他们将我麻醉，
并将空气泵入我的肺部。
“我会醒来吗？”
“有一半的可能性。”
“如果我拒绝呢？”
“可能性是零。”
我签了字。

三　诱导性昏迷

III INDUCED COMA

2020 年 4 月 9 日

亲爱的迈克尔：

我们是你今天的 ITU 义工。你做得真棒，努力与病魔抗争。你还插着一根呼吸管，不过你的康复情况很好。

加油。

艾拉 · C 和莉齐

2020 年 4 月 10 日

亲爱的迈克尔：

我是你今天的义工之一，我们刚给你擦洗了身体，还给你翻了个身，这样你就不会生褥疮了。

平时我是一名儿童言语治疗师[16]。我有两个儿子（一个四岁，一个两岁），无论走到哪儿，我们都会唱《我们要去捉狗熊》[17]。你是我们的偶像。

加油，吻你。

克莱尔 · 埃利奥特 – 珀迪

2020 年 4 月 10 日上午

亲爱的迈克尔：

这是我在 ITU 的第一晚，但我们都得到了医生和护士的悉心照料。这也是我第一晚做记录：每小时整点记录一次你的生命体征。我们有一个团队来确保你的需求得到满足。

他们告诉我这是一个安静的夜晚。你休息得很好，而且看起来很舒服。我们帮你变换了体位，并帮你保暖。

我的“日常工作”是言语治疗师。我们都认为你绝对是一个传奇人物。感谢你孜孜不倦地培养孩子们的阅读兴趣！

加油，迈克尔！

丹尼尔·库珀

迈克尔：

你好！

我是你今晚的义工。你的生命体征正在慢慢改善，包括体温。我们给你裹了条电热毯，并规律地给你变换体位以改善你的肺灌注（lung perfusion）状况。此刻，在呼吸机的监控下，你睡得很安稳。

我们还有 8 个小时可以在一起，但到目前为止，一切都很好！

珍妮（白天是理疗师，晚上是 ITU 义工！）

2020 年 4 月 13—14 日

亲爱的迈克尔：

今晚我们俩帮着照顾你。医生来查过几次房。我们帮你变换了体位，并定时给你换药。

平时我们的工作是理疗师，但我们发现，在 ITU 帮忙是非常有益的经验。

我们祝你一切顺利，加油！

苏菲和莉齐

2020 年 4 月 14 日

亲爱的迈克尔：

我叫艾梅，是 ITU 的一名护士。你在 4 月 5 日凌晨住进来，并立刻插了管，也就是将一根管子插进你的喉咙帮助你呼吸。你进来时病得很重，在接下来的几天，你长时间俯卧（面朝下趴着），这是为了帮助你增加氧气吸入量。你一直处于完全镇静状态，这样你就能忍受插管，并给肺部和其他器官时间恢复。有好几天，我们都很担心你，但我很高兴看到现在你病情开始好转，对呼吸机的依赖也减少了很多。康复之前，你还有一段路要走，但你的身体正在与这种病毒做斗争，我们保证会继续为你提供最好的护理，直到你完全康复。

祝福你！

艾梅

2020 年 4 月 14 日

亲爱的迈克尔：

今天是霍利、艾玛和艾丽一直在照顾你。

今天晚上你看起来放松、舒服了很多，真是太棒了。我们已经尽了最大努力让你可以干净、温暖、舒适一点儿。

希望你今晚能好好休息一下，明天看到你的时候健康状况可以有所好转。

加油啊！

2020 年 4 月 16 日，星期四

亲爱的迈克尔：

我叫埃洛伊兹，今天一直在照顾你。我一直在帮助 ICU 的护士们，但平时是一名言语治疗师（给幼童讲故事）。我最早见到你是在你第一次住进这个 ICU 时，那天是 3 月 29 日，星期天，正好是改夏令时的日子。（那天早上，我笨手笨脚地鼓捣我的电子设备，真是惹了不少麻烦！）

我希望很快再见到你，也希望你的身体越来越好！

谢谢你写的那些书！

祝福你！

埃洛伊兹

亲爱的迈克尔：

今天是 4 月 16 日，星期四，汤姆·摩尔上尉[18]刚刚在自家花园走完了第 100 圈，并为 NHS 筹集了 1 200 万英镑！这简直是个壮举！

我平时是一名理疗师，但今晚帮着做记录，打打杂，需要我干什么，我就干什么。

你今天气色不错，看上去很舒服，医生说你做得很棒。加油！盼望等你醒来时再见到你。

祝你早日康复！

克莱尔

亲爱的迈克尔：

我叫贝丝，是通宵（4月16日，星期四）照顾你的护士。我平时在大奥蒙德街医院工作，负责照顾小孩，但现在调到这儿来帮助照顾成年人（我管你们叫大孩子）。

这一夜你表现得很好。你能动一点儿了，太棒了。希望你继续取得更大的进步。你能做到的!! 盼望在你醒来时见到你，到时候请你读我最喜欢的书……《我们要去捉狗熊》。

祝你一切顺利！

贝丝

亲爱的迈克尔：

我叫玛吉，是2020年3月29日送你进ICU的护士之一。当时你只需要一台CPAP呼吸机辅助呼吸，我们就可以把你送回病房。

你第二次住进ICU时，由于病情进一步恶化，需要呼吸机来代替呼吸。你很依赖呼吸机的辅助，ICU团队必须让你俯卧，也就是让你趴着，以改善氧合[19]。这个过程需要 7 个人小心帮你变换体位。

ICU 团队很高兴看到你的病情每天都在好转。你的呼吸状况比前些天好多了。现在你对呼吸机的依赖减少了，生命体征也很稳定。我们希望看到你每天都有改善。一天一天慢慢来。你很快就会好起来的。

祝你一切顺利，迈克尔！

玛吉

2020 年 4 月 18—19 日

亲爱的迈克尔：

我叫娜塔莎，平时受雇于社区，但我工作的学校停课了，所以来 ICU 帮忙。

我在帮护士黛安照顾你。今晚理疗师伊莱恩也是这个团队的一员。

今晚你脖子上的一根静脉输液管（IV line）拔掉了，因为医生对你的状况很满意。你的胳膊也能动了。我想你当时大概知道我们在跟你说话吧。

还有一根管子在帮助你呼吸，但你已经能自主呼吸了，血氧水平[20]也保持得相当稳定。加油吧，迈克尔——

孩子们（还有大人们）需要听到更多你的精彩诗歌和故事。感谢迄今为止你所写的所有作品。

2020 年 4 月 20 日

亲爱的迈克尔：

我叫萨拉，今天帮希帕（泌尿科护士）和拉克尔（感染控制科护士）一起照顾你。

我平时在社区做口腔保健师[21]和治疗师，因为新冠疫情，我在 ITU 帮忙。所有医护人员都为你的病情好转感到高兴！

今天我们共同努力帮你保暖，并让你感觉舒适。

谢谢你写的所有书和诗歌，特别是你为 NHS 六十周年写的那首，很美。

希望你的病情继续好转！

加油！

萨拉

2020年4月23—24日

迈克尔：

你好！

今天我和卡其亚（大奥蒙德街医院的护士——她棒极了！）一起照顾你。

我一直让你通过眨眼睛和握我的手来交流，你非常配合。

你棒极了。医生们一直在观察你的血压。

你为NHS六十周年纪念写的那首诗感动了ICU的全体工作人员——谢谢你。请代我们感谢鲍里斯·约翰逊[22]！

真心希望你早日康复。

祝你好运！

卡加尔·多西（理疗师/ICU义工）

2020年4月26日

白班

迈克尔：

你好！

我叫艾利森，是今天和萨拉一起照顾你的义工，她是你的护士。

我平时是一名理疗师，但和我的很多同事一样被调配了工作，他们中间有很多人帮助照顾过你。

我有一个两岁的女儿，她经常说“我们要去捉狗熊”。我们需要让她自己走路时就会说，“看，一只狗熊”。一听这话，她就会跑起来。所以非常感谢你，这对我们散步很有帮助。

今天对你来说是忙碌的一天，很多医生和护士一直在照顾你，你得到了很好的照料。有时你会烦躁不安，但我一直在这里，握着你的手。

你今天做了 CT 扫描，所有医护人员都为此忙个不停！你为 NHS 六十周年写的那首诗非常适合此时此刻。继续加油吧，希望你身体越来越好。

艾利森

2020 年 4 月 28 日

8 点 30 分

迈克尔：

早上好！

照顾你是我的荣幸。我叫帕特，肺部疾病专科护士，目前在 ITU 帮助优秀的护士们照顾你。

很高兴看到所有照片上你的家人都面带笑容，能看出来他们都非常爱你。

我们会让你感觉舒服一点，并在整个白班期间跟你说话，好让你知道我们在做什么。

我的孩子是读你的诗长大的，他们都很喜欢你的诗。

我们给你擦洗身体，还帮你梳理了头发。

下午 1 点 30 分

迈克尔开始眨眼睛，动了动胳膊和腿。回答医生或者顾问医师的问题时，他会紧握着对方的手。

迈克尔确认他不舒服，他们给他变换体位并采取了一些镇痛措施。

2020 年 4 月 29 日

迈克尔：

下午好！

又是我，理疗师克莱尔！你一定厌烦了今天我和你说话，我们一直在聊天，好让你保持兴奋，这样你的血压可以升高一点。我们还用笔记本电脑播放了你写的一些故事。我喜欢你讲故事的方式，你真是活力满满!

我跟你说话时，你还扭过头来！好棒!

迈克尔，很高兴每次见到你都能看到你有起色。

加油！！你会做到的!

克莱尔

夜班

迈克尔：

我叫莉齐，今晚是你的义工。我平时在门诊部工作，是理疗师，但因为新冠疫情，目前在 ITU 帮忙。

你刚住进来时，我照顾过你一晚，很高兴看到你现在好多了。你的喉咙里还插着一根呼吸管，意味着你还不能说话。所以很遗憾，主要是我在跟你闲聊！当我提到我从照片上看出你支持阿森纳[23]时，你似乎有回应；但当我告诉你我是德比郡[24]球迷时，你似乎不为所动!

此刻你正在安稳地熟睡，看上去很舒服。

谢谢你送给我们的所有可爱的书和诗歌，《我们要去捉狗熊》是我最喜欢的童书之一！我们还把你为 NHS

六十周年纪念写的诗塑封起来，就放在你的床头。

继续加油，继续斗争，继续这样坚强下去。

吻你。

莉齐

2020 年 5 月 2—3 日

迈克尔：

你好！

又是我，娜塔莎！两个星期前我照顾过你，很高兴看到你现在看上去好多了！现在你正试着通过用口型不出声地说话，点头或摇头，或者使用面部表情来交流。

现在，你手上戴着一种带衬垫的连指手套类的东西。这是为了防止你不小心拔掉任何管子，比如连接呼吸机的气切插管，或者插在你鼻子里，将营养和水分输送到你胃里的鼻饲管[25]。

你的血压一直有点儿波动——有时会偏低，所以我们必须通过频繁叫醒你来刺激你，使你的血压恢复正常。很抱歉，如果这么做很烦人！

这次值班的护士是萨拉，她很棒。你的主要义工一直是苏菲，她是一名理疗师。我们为你加油！

通宵班

迈克尔：

早上好！

我叫萨拉，ITU 的护士，在另一名护士丹尼斯的帮助下照顾了你一夜，非常感恩。

过去这一周，你的病情有了很大好转，尽管你搞得我们整夜都很忙！你的血压喜欢像悠悠球那样上下晃动，我们不得不经常通过气切插管（你喉咙里的呼吸管，帮助氧气和二氧化碳在肺部进行交换）给你吸痰。实在抱歉，这很不舒服，但把你肺里的黏液吸出体外确实非常重要。

不好意思，我不能再写了，在目前“大流行”的形势下，一名护士要照顾多个病人——不过，你要继续加油啊！你很快就可以回家了。

萨拉

2020 年 5 月 2 日

下午 6 点 7 分

大家好！

此刻米克正在经历谵妄，他的情绪很激动，出现了幻觉，还胡乱伸胳膊、踢腿。

当一个人长期服用镇静剂以及患有肺炎等疾病时，这种情况十分常见。他们正在调整他的用药，试着用小剂量的不同药物帮助解决这个问题，因为在他平静下来之前，他们不能逐步撤掉呼吸机，他可能会拔掉维持生命所必需的插管。不过，谵妄不是永久性的，过几天就好了，如果在米克身上不会持续更久的话。

根据微生物学家的建议，他正在服用下一批治疗肺炎的抗生素。

昨天晚上医生让我找点儿音乐，显然，强哥·莱恩哈特[26]的音乐应该能让他稍微平静一会儿！今天早上埃尔西和我为他弄了一张播放列表，现在就贴在他床边的墙上，工作人员已经为他播放了一些曲目！

爱你们所有人，吻你们。

艾玛

2020 年 5 月 4 日

下午 1 点 45 分

嗨，迈克尔，

我叫霍利。目前在帮护士乔照顾你。很高兴看到你的病情好转了很多。每次我来上班，都看见你变得更强壮，对呼吸机的使用也开始减少。

今天，我用你的家人发给我们的曲目为你创建了一个 YouTube（优兔）播放列表。有一些是纯音乐。你一整天都在听播放列表里的音乐。我想我和你一样喜欢它们。

我们一会儿就和你的家人视频通话。听到熟悉的声音向来对康复很重要——继续加油吧，我知道你能做到。

致以最美好的祝福！

霍利

愿原力与你同在！[27]

亲爱的迈克尔：

我叫乔·林奇，曾是一名 ITU 护士，现在响应号召，帮助照顾大量涌入 ICU 的新冠肺炎病人。我现在写这封信是想回顾一下，因为到目前为止，我照顾过你两次：大概是在 5 个星期前，还有上个星期。看到你的病情好转了很多，真令人开心。我是那个在你和你太太视频通话前给你刮胡子的护士。很抱歉把你的胡子刮得那么干净，不过，你应该想象得到你的胡子都打卷了。

第二次照顾你的时候，我跟你说了很多话。你似乎很激动，我知道对你来说这是一个混乱的时期，我真的很抱歉。你和我们在一起的这 29 天，每个人每天都会向你问好。所有人都认识你，全力支持你，并希望你的病情继续好转，身体越来越强壮。

你在这里的时候，生活可能像一场梦。你可能会清楚地记得一些事情，记得各种影像和声音，甚至气味。这很正常。你的家人每天都会向你问好。

祝你早日康复！

乔

2020年5月6日

下午4点30分

亲爱的迈克尔：

又是我，义工霍利。今天我和可爱的护士乔一起照顾你。

今天我们一直忙到现在。从给你做SPA[28]开始，包括床上擦浴、梳头发、剪指甲、清洁。我们还给你刮了胡子。对不起，我们知道你平时留胡子，但那样只是为了让你的气管切口（你脖子上插管子的地方）周围保持干净。我们在你的眼睛上放了护垫，好让你闭上眼睛休息一下。

接着，我们又听了一会儿你播放列表里的音乐，好听极了。你看上去舒服自在了很多。今天你一直在用呼吸机，但氧气需求量减少了，这是巨大的进步。

现在要让你休息一会儿，我们已经把你换到一张新床上，希望那张床很舒服。

迈克尔，我不确定是否还会照顾你，ITU正在慢慢恢复正常，我们这些“义工”也将回到平时的工作岗位上。我将回到我的膀胱与肠道团队。祝你在康复过程中一切顺利。你是一名斗士，一定能做到。加油！

霍利

又及：祝你明天生日快乐！

2020年5月7日

亲爱的迈克尔：

生日快乐！

今天，在你生日这天帮助照顾你真是太好了！你今天是个很受欢迎的家伙——家人打来视频电话，还有人送了生日贺卡！

大约15名ICU工作人员围在你的床边，为你唱了《生日快乐歌》，大家都为你鼓掌，包括工作人员和一名患者。

你的病情在不断好转，我知道大家都为你感到骄傲。

莫妮克是今天照顾你的ITU护士，帮她一起照顾你的还有布鲁斯和丹尼斯——他们都给了你细致入微的照顾。

祝你在康复的过程中一切顺利，快点儿好起来！

苏菲（理疗师）

莫妮克（ITU护士）

2020年5月15日

下午2点43分

大家好！

一些小小的起色：焦虑和谵妄似乎消失了。米克变得更冷静、更稳定，这几天也停用了镇静剂。他会用捏手、动胳膊等动作对指令做出反应。过了这么长时间，他的肌肉功能明显减弱了很多，但现在已经有了改善。

他们认为他可能有神经损伤，我不知道这是永久性的还是暂时的，原因又是什么，但在给他撤掉呼吸机之前，不能做核磁共振（MRI）。过去这两周，他们给他做了两次头部核磁共振，都没查出什么。他还在服用治疗空洞型肺结核（cavitating pneumonia）的抗生素，但他的感染指标已经降下来了。

我询问了他新冠肺炎的情况。4 月 27 日，他的检测结果呈阳性，要到 5 月底才会再测一次。

医生们按照呼吸理疗师制订的计划，通过进行自主呼吸试验让他逐步脱离呼吸机，已经取得了进展。昨天他戴了一个半小时氧气面罩（不是呼吸机！）；今天早上戴了 4 个小时，计划今天下午还要戴 4 个小时。我认为这是真正的改善。我希望，随着所有药物逐渐离开他的身体系统，他的反应会继续慢慢改善。

就写到这里吧，爱你们所有人！

吻你们。

艾玛

2020 年 5 月 15 日

夜班

迈克尔：

我叫卡门，是这两晚一直照顾你的护士。

40 多天前的一个晚上我把你送进 ICU，当时你呼吸困难，出现了病毒感染的症状。

哎呀，从那以后，你简直就像在坐过山车!!

但你现在还在这里，而且在慢慢恢复，为你感恩。

今天对你来说是个好日子，你能戴着气切面罩（tracheostomy mask）自主呼吸了，一天两次，一次 4 个小时。

夜间，我又给你上了呼吸机，让你休息一下，更有力气，这样明天自主呼吸的时间会更长。

理疗师们草拟了一份气切术后脱机计划（tracheostomy weaning plan），为的是帮助你重新自主呼吸，并将你转入普通病房，在那里你可以有更多时间恢复健康。

我注意到你的认知能力已经开始恢复，看到你现在可以用点头或摇头来回答我的问题，真是太好了。

今晚我给你读了一些你的生日贺卡和信息，不断提醒你在哪里，这在你开始变得有点儿激动时似乎有帮助。

我给你的呼吸道吸了很多次痰，因为还有很多分泌物，但没有前几晚那么多了，你的病情确实正在好转！

继续坚强下去吧，记住——朝着正确的方向稳步前进！

祝你早日康复！

卡门

2020 年 5 月 16 日

夜班

亲爱的迈克尔：

又是我，娜塔莎，ITU 的义工（平时是言语治疗师）。看到上次我帮着照顾你以来，你的状态好了很多，我很高兴。

因为插着气切插管（意味着没有气流经过你的声带），你还是不能说话，但已经能表达肯定或否定了。结合猜测和富有表现力的非言语沟通技巧，你已经能问问题或者发表意见了。呼吸道还是有很多分泌物，需要经常吸痰，说明你没有如自己所愿好好休息。

我听说，明天他们想试着完全撤掉呼吸机。祝你好运，希望能成功，因为这将是你康复进程中的一大步。

有些时候，你会很痛苦，需要很多安慰，这是完全可以理解的。在目前的形势下，住在 ITU 确实会令人感到十分迷茫和痛苦。

我希望，一旦回家，你可以从家人那里得到很多拥抱和爱，把你们分开的这段时间补上。

我不确定下周还能不能回来，如果回来，我希望到时你会在普通病房，而不是在这里，那样你离回家的日子就更近了——尽管我一定会想念与你共同战斗的时光！

对我来说，这是一项真正的荣誉。就像我之前提到的，我的两个孩子都非常喜欢你的书和诗歌。能帮助照顾你是我的荣幸。

祝你明天好运，也祝你早日平安回家。

娜塔莎

2020 年 5 月 17 日

又是我，理疗师克莱尔。

我已经有一段时间没有照顾你了，自从我上次见到你，你的病情已经好转了很多。问你问题时，你会握我们的手，还会扭动脚趾。今天我们上到四楼，见到了你可爱的妻子艾玛，我们一起俯瞰伦敦。见到你和家人在一起，这种感觉真的很特别。现在你躺在床上休息，听着播放列表里的音乐——那些音乐我也很喜欢！过去我经常和妈妈一起听戴夫·布鲁贝克[29]的四重奏。我试着学过萨克斯，很遗憾，没学会。

继续加油吧！

克莱尔

2020 年 5 月 17 日

下午 6 点 10 分

大家好！

今天一接到医院允许我去看米克的通知，我就赶过去了。他们把他的床推到四楼，所以我可以和他坐在一起，在那里欣赏伦敦的美景。我把所有语音信息给他放了两遍，他也一一回复了。

呼吸机已经撤掉了，他的血氧含量很低（28%）。他们希望尽快把他转到高依赖病房[30]。他们为他制作了一个音乐、电视和广播节目，帮助他与周围的环境重新建立联系。我把 iPad（平板电脑）交给了他。

他又做了一次新冠检测，结果是阴性。太棒了！

爱大家，吻你们。

艾玛

2020 年 5 月 17—18 日

通宵班

亲爱的迈克尔：

今晚是护士阿什和我一直在照顾你。

你咳嗽了好几次，带出很多痰，意味着我们不用经常给你吸痰了。每片云朵……[31]

咳嗽使你很难入睡，但好在你已经睡了两三个小时。

这个通宵，交流对你来说很有挑战。你一直试着告诉我们一些事，但我们没听懂——这让你很沮丧。但你跟我们说你很舒服，尽管发生了这一切，你依然保持着乐观的心态。

继续加油吧——这一切都是值得的。

丹（言语治疗师 / 义工）

2020 年 5 月 19 日

夜班

亲爱的迈克尔：

我叫埃伦，你的夜班护士。大概两周前我照顾过你，但没有机会在这本日记里记录。你还有气切手术后的开口，但已经不再需要呼吸机。白天你做了胸部扫描，结果显示，你的肺部状况有所改善。今天晚些时候你就要转到“正常”病房了，医生们很为你高兴。还有，你的拭子送回来了，新冠检测结果是阴性。

祝你早日康复！

埃伦

2020 年 5 月 19 日

第 43 天

迈克尔：

你好！

我叫温西，ICU 的护士。

你刚来 ICU 时，病情危重，那些天我照顾过你几次。我没能在那几天写日记，因为必须为你采取很多护理措施。

看到你恢复得这么好，我真是太高兴了！你受了不少罪，你的“大流行”之旅并不轻松，但你的进步很明显。

你对自己要有耐心。慢慢来，但一定要有信心！我知道你很想回家，这不能怪你——医院有时候确实很让人讨厌！

你和我们一起庆祝了你的生日。祝你早日康复，我相信你的家人非常想念你，每时每刻都惦记着你！

希望你能尽早回家与家人团聚。我相信你的家中一定充满喜悦和欢笑，洋溢着爱与感激。这里发生的一切你不会完全记得，但在预料之中，因为你刚住进 ICU 那段时间服用了大量镇静剂。

保重，迈克尔。能照顾你是我的荣幸！

愿你继续感动和鼓舞你将遇到的每一个人！上帝祝福你。

你的护士——温西

2020 年 5 月 20 日

亲爱的迈克尔：

我是埃娃——在 ITU 工作的理疗师之一。

昨天，我们第一次在你气切手术后的开口上装了说话瓣膜[32]。第一次听到你的声音，我们都非常兴奋！！

今天，你在外面，坐在椅子上，等着与你的家人见面。你的病情每天都有明显好转。我都迫不及待地想看你站起来走路了。继续加油，坚持住。

祝一切顺利！

埃娃

2020年5月21日

夜班

亲爱的迈克尔：

我叫路易丝，是ICU的护士。很高兴听说今天你就要移除气切插管了。你现在可以自主呼吸，不需要辅助设备，只需要少量额外的氧气。

今晚和你谈话，你表达了这样的看法：康复后，你必须重新学习很多东西。确实如此，但要记住，给自己一点儿时间。慢慢来，你会一天比一天强壮，要有耐心，如果可以的话。我们将竭尽所能帮你恢复力量，并在你继续你的康复之旅时提供支持。能与你交谈并听到你的声音，真的很高兴。

致以最美好的祝愿！

路易丝

2020 年 5 月 22 日

下午 6 点 8 分

大家好！

很高兴地告诉大家，今晚迈克尔就要离开 ICU，转入梅里克病房（Meyrick Ward）了。

他的气切插管移除了，也不再需要氧气辅助——除了雾化器[33]。他可以说话了，但有时还是会糊涂（谵妄）。显然，他正试着弄清这是怎么回事，但慢慢地，他越来越像米克了。

我一会儿就去医院给他送些舒服的被褥和一条柔软的毯子，还有他自己的洗漱用品，等他能下床，开始走动时用得上。明天将是他住院满 8 周，他在 ICU 度过了 47 天。

期待稍后可以喝一杯！

爱大家，吻你们。

艾玛

四　康复，第一部分

IV RECOVERY · PART ONE

病得很重。

这是他们描述我时用的字眼。

有时，一位医生，或是护士

站在我床边，说：

“你曾经病得很重。”

我开始期待了。

他们常常看上去很高兴（几乎是诧异），

因为我病得没那么重了。

我有一种感觉，有些

病得很重的人，死了。

我没有死。

我戴着连指手套。
为什么我会戴连指手套?
手套深蓝色，蓬松，
紧紧系在我的手腕上。
我试图把手套扯下来，
但一只戴着有护垫的手套的手
不善于解开
固定它们的绑带。

我试着用牙齿撕扯。
夜班护士走过来，
问我为什么要摘手套。
我说因为我不想戴，
而且戴着手套我睡不着。
她说，放松，躺下，
保存你的体力。

她说“体力”这个词时，
像个太极老师，
仿佛那是个神圣的东西。

“保存你的体——力。

躺下来，往上躺躺，
你的脚碰到床尾了。”
“我的脚碰到床尾，
是因为床太小了。”
“放松，
保存你的体——力。”

我把头搁在枕头上，
感觉下面某处
传来洗衣机的隆隆声，
仿佛它穿过了建筑的脊梁。
我看到它搅动我们所有人的
床单、长袍、毯子和睡衣，
把它们煮得干净且坚硬。

也许下面还有熨烫工，
把它们像一叠叠纸那样压平；
有时候太薄了，
扣不上按扣。

我侧过身，让不好使的那只耳朵朝上，
想看看好使的那只能否听到
洗衣机的声音。
没有声音，
只有节奏，声音的骨架
不知怎的，传进了我耳中。

可能是午夜了。

下面一定有人
在给机器喂食。

他们说要给我“断奶”。
我记得断奶——
给我们的婴儿，
或者蹒跚学步的幼儿。
告诉他们有样东西
叫食物。
现在他们要给我“断奶”。
大概是要让我去呼吸新鲜空气，
好摆脱机器里出来的那个东西。
他们热衷于“断奶”。
他们一直这么说。
我们要给你“断奶”，他们如此说。

一位医生问我是否有过
幻觉，或者做过噩梦，
又或者有过可怕的谵妄。
我说，没有。

她说，研究报告称，
接受重症监护治疗的人
会经历这些，
并会为此困扰。
你有过吗？
我说，没有。

她说，我们给你用了很多
会改变心智的药，所以
如果你说自己正遭受这种痛苦，
我们不会感到惊讶的。
这种事会令你不安或烦躁吗？

我说我梦到《圣诞颂歌》[34]了，
还在脑子里构思了一个新版本，
但写不下来，颇为苦恼。
她说，嗯。

我还经常梦到德国的圣诞派对。
总是那个部分。
我从没参加过德国的圣诞派对，
但夜里，我坐在外面的花园里，
身上裹着毯子，
我知道，我的腿动不了。
我的腿不能动。
有人解释说，他们往空中
扔紫色浆果。
他们扔了：
他们把浆果扔到空中，
浆果瞬间爆裂，
像小星星，
所有人欢呼。
他们告诉我，“紫色浆果”这个词
在德语里是 Wassbeeren。
浆果再次在夜空中爆裂，
所有人欢呼。
我说我反复做这个梦。
她说：“嗯，没什么可怕的吗？”

还有一个梦令我困扰。

我想象就在我生病前，
我偶然看到一份声明，一个德国农夫
发表的宣言。
这是在回应他那个社区的
新纳粹分子的仇恨。
他朝我走来，
穿着砂洗背带工装裤。
他站在20世纪50年代的拖拉机旁，
家人围绕在他身边。
他的宣言说，我们只有
彼此相爱，才能继续前进。
他说，我们要发现各种各样的爱：
对爱人的爱，对我们孩子的爱，
对我们同事的爱，甚至
对我们不认识的人的爱。
若非如此，我们就会毁掉自己。

这个梦令我难过的是，
我总是梦到那个点——
那时，我在想：
这份宣言在哪儿？
这个农夫是谁？

我确定他是在我生病前给我的这份宣言。
我是怎么认识他和他的家人的?
在哪儿认识的?
然后，梦就结束了。

这不是噩梦，
更像是一件憾事:
我找不到某种东西了。

有位护士每天都跟我说，
艾玛打电话来了，
他们什么都告诉她。
我想了想这里
与艾玛所在的家的距离:
只隔着几条街，
却像隔着一道鸿沟。
在那个世界，我经常起床后
给自己做早餐。
我会和艾玛坐下来计划
接下来几个月我要做什么。
而在这里，我等着开饭，
有人问我大便是否通畅:

量多，中等，还是量少？
如果躺的位置离床中间太远，
我会受到责备。
一位护士走过，唱着
《女人，不要哭泣》[35]。

凌晨 4 点。
护士告诉我，
她要对我进行病情观察：
测血压、血氧水平和体温，
并记录下观察我 30 秒
所得到的信息。

我给出胳膊，戴上血压袖带，
给出手指，夹上血氧仪，
给出耳朵，量体温。
我等待时，她看着我。

她将数字一一记下。
这里现在有一本分类账簿，
记录了我所有起起伏伏的故事。
我已经变成了一本账簿。

我在床上转身，
把脸埋进枕头。
我的身体不再属于我。

它已经变成它们的了。

它们拥有它。

它们告诉我，我的肝、
我的肾、我的肺、我的心如何。
一切都记在那本账簿里。

我将手放在胸部抚摸。
没有别的事可做。
我的肋骨根根凸起，
像煎锅上的条纹。
胸前的两坨肉（moobs）几乎没了。
我的手指顺着胸骨往下摸：
有个肿块。
以前没有，我确定。
胸骨和一根肋骨之间
有个很硬的骨头似的肿块。
这是个新朋友。

我摸摸我的拇指关节，
有轻度关节炎的那个。
只有在我和儿子玩摔跤，
他抓到它时才会疼。
它变大了？
我不这么认为。
别的地方还有关节肿块吗？

我仔细检查我的骨头。
我用手指抚摸后脖颈的关节，

一直摸到我的脚踝和脚趾。
没有疙瘩。
然后，我想起
我的屁股皱褶[36]上缘
生了褥疮。
几天前，一个负责褥疮的人
来过，让我们所有人翻身
侧躺，他好检查。
他说，他发现那下面
有一片红肿。
他说，要多侧躺，
这样躺在床上，
着力点就会分散。
我把我那小盒凡士林递给他，
他帮我涂抹。

我沿着那儿往下摸。
我的手指摸到一个肿块。
平时，尾骨
紧紧贴合我的脊椎底部，
蜷缩在我的屁股下面，
现在却像人们放到网上的

带有挑逗性肿块的
块根类蔬菜。
肿块在我左边屁股下面，
所以当我坐在尾骨上时，
它挤得我屁股皱褶上缘疼。
我有两个新朋友。

现在是晚上。
我按下挂在我床头
呼叫护士用的
呼叫铃上的按钮。
我想要便盆。
我不能走路，
但能把身子抬起来，
蹲在便盆上。
我呼叫护士。
现在是晚上。

我呼叫护士，
但是她没有来。
我又按了一下呼叫铃。
我在出汗。
现在是晚上。

我呼喊。我大叫。
对不起，我把别人吵醒了。
我按呼叫铃。
现在是晚上。

我把自己弄脏了，
感觉很羞愧。我渴望回家，
在那里，我想也许我可以
爬到厕所去。

护士来了。
我说，很抱歉，非常抱歉，
我把自己弄脏了。
她说，对不起，
刚才她在照顾另一个病人。
我想：一排一排的床，
像第一次世界大战中的士兵；
在这里，她努力应付各种问题，
我却把自己弄脏了。
她是一个我从未见过的女人，
她也从未见过我，
她要把我收拾干净。

我很抱歉，非常抱歉。
她说我不用担心。
她在黑暗中悄悄离去。
现在是晚上。

两个人来到我床前，
说他们是理疗师。
他们说我需要动起来。
他们试图让我站起来，
但我做不到。
当我试着用腿支撑身体时，
根本没用。
他们一边站一个，
搀扶着我。
我浑身都在颤抖。
我低头看我的腿：
干瘪，发白，起皱。
它们看着就像我父亲
临终时的双腿。
我气喘吁吁，喘着粗气。
我问我能躺下吗，
他们说他们很快还会再来。

几天后，
一个女人来了，
说自己是一名理疗师。
她说她会帮我坐在

床沿上。
她搀扶着我说：
“尽量坐直，
收紧屁股。”
我试着做，但直打哆嗦，
喘着粗气，
倒在床上。

几天后，两个来自利物浦的家伙
出现在我床边。
他们说要让我走路。
他们把我从床上抬下来，
搀扶着我说：
“看看你能不能迈出一步。”

不行。

他们好像很失望。
我呼吸急促。
他们看着我，我发出的
刺耳声音令他们惊讶。
他们把我放回床上，

说很快还会回来。

我躺在床上时，
想起他们都说
有一种对卧床病人很好的锻炼方法，
就是抬起腿，
举到空中，数到十。
我想他们都这么说过。

有时我会试着这样做。

有一天，
他们把一台液压升降机弄到我床前，
用吊带吊着我，
把我放到椅子上，
推到四楼的一扇窗前，
那里可以俯瞰伦敦。
艾玛和孩子们在那里等着我。
我们坐在一起，戴着口罩。
我裹着一条毯子。
我们在一起。
我心里不是滋味儿：我是如此无助。

我不能动。

我开始感觉乏力、头晕。
他们把我推走了，
我不能回过头去挥手告别。

我把我的鞋忘了。
我不知道我的鞋什么样。
我试着回想我穿鞋的脚。
我只知道一双鞋，
就是我脚上穿的这双：
黑色的塑料洞洞鞋。
可是我以前穿什么鞋？
我把我的鞋忘了。

在学校，
我们制作过棕色颜料。
将黑色与红色混合，
就有了棕色。

我的大脑
也会制造图像。
将左眼的朦胧
与右眼的清晰混合，
就有了模糊。

我一直计划
举行一场作家板球比赛。
我看到自己和诗人约翰·阿加德[37]
坐在一起，他给我演示如何投出旋转球。
我们坐在一起，
他举起手，
在空中划出一条线。

我说："约翰，迈克尔·霍尔丁[38]管那个
返回来的快球叫什么？"
他说："叫'医生'，
'他'提供了阻止击球手得分的疗法。"
他大笑。
画面淡出。

几天后，
那个画面再次出现。
同样的计划：从未举行过的
作家板球比赛。
约翰轻弹手指，
在空中划出一条线。

我说："迈克尔·霍尔丁管那个
返回来的快球叫什么？"
他笑着说："叫'医生'……"
画面淡出。

一位医生站在我床边，
说我的肺里有三个血块。
我想象着三个红棕色的血痂
卡在我肺部的通道里，
卧在肺泡[39]中：
肺泡就像我生物考试时画的
小气泡状的囊，
那时我16岁。

她说："血块总是令人担忧的，
因为它们可能会进入血液循环，
并导致心脏病发作和中风。"
我看到血痂在我的血管里
顺流而下，卡在我为生物课
解剖的心脏里，
或者挤进我的大脑，杀死
一大块像花椰菜的东西。

我说："我该有多担心？"
她说："你大概会把它们消化掉。"

我记得我在露营时，
抠掉膝盖上的血痂，
吃了。
我肯定把它们消化掉了。

夜晚漫长而悲伤。
我觉得我根本睡不着，
躺在黑暗中，
听监视器和点滴的声音。
我们身体的不同部分
变成数字和哔哔声。

帘子后面有人在打电话。
警报器响了。
一位护士说要给我量血压，
她把我的胳膊包在一个充气袖带里。
她说："血压很低，你得继续喝水。
动动胳膊。"
我喝了点儿水，
晃了几下胳膊。
护士让我把一张纸条
压在舌头底下。
她说："它会告诉我你的体温是多少。
不要嚼。"
我说："我没嚼。"
她走了。
夜晚漫长而悲伤。

梦

我在一个小镇，
向某人问路。
他说，你一直往前走，
直到走到沙漠。
不要穿越沙漠，
绕过去。

我努力记住
他所说的话：
不要穿越沙漠，
绕过去。

我想起那两个男人，
他们试图徒步穿越澳大利亚，
但是没有成功。

我反复思考“临界”这个词，
想起在大学课堂上，
我和学生曾讨论奇幻故事中的传送门[40]，
它们是“临界”的，
是“两个世界之间”的一个空间或瞬间，
或者在一个世界的边缘，但又不完全
在另一个世界。
在那里，事物是临时的、短暂的，
或者转瞬即逝的，
那可能是一个充满希望的时刻，
也可能是一个焦虑或危险的时刻：
想想关于爱丽丝的那套书[41]吧，
爱丽丝掉进兔子洞，
进入镜中世界。
或者坐在机场的候机区。
我想起 8 岁时坐火车去夏令营，
一边是陆地，
另一边是大海。

我开始相信
我身体的边缘是临界的，
它们正在触碰其他世界。

床单、毯子、床、
床侧的“围栏”和枕头，
这一切都让我无法入睡：
它们都是边缘。
于是，我把手举到脸上，
放在脸颊下面。
我好像找到了
某个不在边缘的东西，
我终于回到了我自己。

那晚，我睡了个好觉。

摸索手机。

闭上那只模糊的眼。

拇指没碰到按键。

试着拨通你的电话。

打出来的是垃圾。

希望你不要以为

我不想好好给你写信息。

事事不顺。

眩晕，哪怕在床上。

躺下来，也还是眩晕。

我们拨通视频电话，
她在手机那头
告诉我会没事的。
她一直想着我，
希望我好起来。
我看见手机屏幕上她
可爱的脸，
这边是我自己干枯呆滞的表情，
还有蓬乱的头发，
但无论如何我们联系上了。
有一座桥，
我们可以在桥上望见彼此。

你给了我一台平板电脑，
我正试着用它。
你说我应该用手
划它。
向上，
或者向一侧。
我看不清，因为
我的一只眼睛坏了。
一位护士把它从我手上拿走，
让它播放
《牛奶树下》[42]。

是你帮我存在里头的。
我听着，
再次想到它有多么美，
多么充满活力和悲伤，
还有爱。
我们一起
看过电影版，
我们是那么喜欢。
我希望我也可以写得像它那样好，
人们朗读我写的东西时，

也能带着那样的情感，
带着那样的空间感和时间感。
不过，后来我想，
现在要紧的是
我可以听它。

艾玛送进来一条毛皮毯子，
还有一条套着黑白格床罩的羽绒被。
终于，
我的手和脚暖和了。
我把脸颊贴在毛皮
或者羽绒被的亚麻床罩上。
我感觉安全
又强大。
艾玛和我在一起。

我的脚离得很远。
当我用那只好眼看它们时，
我看到我的趾甲开始像
动物的爪子。
护士们说不可以给我
剪趾甲。
晚上，我感觉一个趾甲扎进它旁边的
脚趾。
不止这一个。
趾甲会刮我脚上的毯子，
我不知道怎么够到它们，
把它们剪掉。
护士们可以用指甲钳剪它们吗？
不可以。

我盯着自己看。

我说："我的两只眼睛不一样。

右眼和以前一样，

但左眼模糊了。"

没有人知道原因。

我先捂住一只眼，

然后捂住另一只。

右眼清晰。

左眼试图看穿

什么。

几乎就像

一张塑料薄膜卡在了

眼睛里。

我告诉每一个来看我的人。

没有人知道为什么会发生这种事。

我有一个想法：
我深夜给艾玛打电话，
让她来接我。
我说："你能告诉他们我今晚想回家吗？
第二天我就回医院。
我再也受不了夜晚了。"

她提醒我，我走不了路，
甚至都站不起来。
她说："你得在那儿再多待一阵子。"
我意识到她说得对，
但真是太遗憾了。
我给自己讲了一个故事：
我们依偎在一起，
或者在我们的床上安睡，
一起吃早餐，
然后回趟医院，
打针、吃药。
但这只是——一个故事。
未来还有更多的白天
以及更多的夜晚。

病房昏暗。

我听见另一边

传来金属的咕隆声，

然后是糖浆的冒泡声。

他咳嗽了一下。

又是一阵冒泡声。

那声音肯定是从他的胸腔里冒上来的。

金属的咕隆声肯定要把它吸收了。

那边，

帘子后面，有一盏灯亮着。

护士叫他别动。

我的皮肤上长出了沙子。

我的手轻拂过肩膀：

一颗颗，像沙粒。

我把沙子拂去。

几天后，

沙子更多了。

不痛。

不酸。

不是疹子。

只是沙子。

我的身上长了沙子。

母亲们
带着她们的新生儿
坐月子[43]。
我想起了“禁闭”这个词：
很久以前
我读过的一本旧小说里就有个人
被幽禁。
也许，这也
没什么不好：
你不用做
平时的工作——
尽管应对这个新事件仍需要做很多。
有人帮助你，
你有时间在两餐饭之间
琢磨；
让你的身体
成为它可以成为的样子：
数百万细胞
生长、聚集。
然而，这里和外面
隔着一道屏障。
由其他人来负责。

我小时候，
地铁站有一则广告。
我们看到
两个小孩的背影，
他们走在一条空旷的长街上，
手挽着手，
道路两旁，树木幽暗。

广告语是：
“童鞋有很长的路要走。”

我曾经为这两个小孩难过：
如此孤独，
离家如此遥远，

我看那则广告，
一遍又一遍。

你送来大大的黄葡萄干。
你了解我。

每天早上，
我把它们放进
护士端来的燕麦粥里。

喝粥时，
我发现葡萄干
在深处浸泡，
在热牛奶中膨胀。
我用门牙
一颗颗地
咬它们，
用舌头
推开褶皱的果皮，
还有果肉。

一根管子支起我的鼻子，
或者从我的鼻子里伸出来。
我不知道为什么有根管子
支起我的鼻子，
或者从我的鼻子里伸出来。
它一直在那儿。
我印象中，它一直在那儿。
我感觉它耷拉在我的脖子上：
橡胶似的，又湿又黏。
它可能是条虫子，
或者是条鼻涕虫。

有一天晚上，它掉了出来。
我呼叫护士。
我说，管子从我鼻子里掉出来了。
她似乎很生气。
她问我为什么把管子从鼻子里拔出来。
我说，我没拔，
是它自己掉出来的。
她说她要把它放回去。

她把一些仪器收集到一起，

拉上床周围的帘子，
为我打开灯。
我听见她在我身旁呼吸。

然后，我感觉虫子钻进了我的鼻子，
过了片刻，我又感觉它钻进了我的喉咙。
我一阵干呕。
虫子继续爬着。

护士关上灯，
拿走了仪器。

早上，
医生来，
说该拔管子了。
他说我们今天拔管。
“你康复得很好，
你曾经病得很重。”

艾玛说，我要去圣潘克拉斯的
一家康复医院。
她说她看过那家医院的照片：
人们坐在花园里，
或者待在健身房里。
她读过一份声明，
关于让人们重新站起来的。

这感觉是一条出路，
一条康复之路。
我想象自己在花园里，
坐在轮椅上，身上盖着一条毯子，
看着树。
我想象自己站起来，
走过草地。
我相信那会很不错。

五　康复治疗

V REHAB

从重症监护室出来后，
我一整天都做了什么？
我是如何度过那一天的？
我是如何打发那些时间的？
没有阅读，没有收音机，没有电视，
没有网络，没有交谈，
我在病房边上的一个
凹室里。

我一整天都做了什么？

我看到我当时的样子：
凝视着窗前
四角的天空；
竖着耳朵听
护士和病人在那边说什么；
提前考虑下一顿饭；
琢磨我离开这里后
会过怎样一种生活。
我担心自己再也不能工作，
再也不能为家里
赚钱。

那是一个洞，
我将消失在里面。
我觉察到，我在不停地
转动脚趾。

这里的人我一个也不认识，
我认识的人没一个
能来看我。

在这里，我们相处融洽，
只是因为我们都有点儿问题：
那个中风的家伙不能说话，
但我指着他那罐马麦酱[44]
对他竖起大拇指，
他也对我竖起大拇指。

我旁边有个男人，
但我看不见他，
因为我无法起身。
他一边唱加勒比歌曲，
一边听他妻子在电话里
跟他讲话。

那边还有个男人
做着同样的事。
我听见他的免提电话里
传出他爱尔兰妻子的声音，
听起来像一段美妙的詹姆斯·乔伊斯[45]的独白：

“你同意了，吉米？你同意了？”
早上，我朝他挥手，
他不能说话，但微笑着点了点头。

另一个人在与他的内脏做斗争。
我听见医生
给他解释什么地方出了问题。
听起来好像全身都有问题。

一个家伙
说他生了坏疽，
脚指头截掉了。
他告诉我，他以前是铺沥青的，
做了 30 年筑路工人，
但他放弃所有，
卖掉房子，
扔掉全部家当，
去法国和西班牙流浪，
只带了一顶小小的单人帐篷。
他一直说他要溜进
花园里抽根烟。

我详述所有这些故事，
但尽量不谈论自己，
以免我听起来太特别。
我努力不做自己。
一个人在他离开前一两天，
无意中透露他父亲是犹太难民，
逃脱了希特勒的魔爪。
我们交换我们亲戚的
痛苦经历。
我们谈到布拉格。
我们都去过犹太公墓。
我问，纳粹为什么没把它毁掉。
他说，为了纪念一个灭绝的种族。
有那么一刻，
感觉我是我，他是他；
但后来他走了。
护士们撤下床上用品，
铺上僵硬的白床单。
我答应给他寄我的那本书，
关于我父亲的叔叔们的经历的书。
我要到了他的地址。

他们一直担心
我的低血压，
但他们给我送来了《每日邮报》[46]，
所以，一会儿就好了。

我看着对面的人站起来，
抓住齐默式助行架[47]，
握着它
慢慢走出病房。
这似乎远不是
我能做到的事。
两个人来到我床前，
说他们打算让我
走路。
他们这么说只是为了鼓励我，
而不是因为我真的可以走路，
这种感觉令我很难过。

他们让我把腿
从床边慢慢放下来。
他们把一个助行架放在我面前，
让我坐在床上
往前推。
他们帮我抓住助行架。
其中一个人说："一、二、三——走！"
我感觉快要散架了，
喘不过气来。

他们扶着我坐进轮椅。
这下感觉好多了：
很高兴我可以行动自如；
我坐着轮椅来到窗前，
看见小汽车，
看见一个男人站在他家门口，
还有一个女人在阳台上
浇花。

也许从现在起
我就是个坐轮椅的人了。
我练习转弯，
这边拉一下，那边推一下。
我可以很擅长这个。
我坐着轮椅穿过走廊。
护士们向我微笑。
是的，也许我就是个坐轮椅的人。

我在电话里告诉艾玛，我坐着轮椅
穿过了一条走廊。
她说等我回家时，
我就会走路了。

我心想（但没说出来），不会
有那一天的。

理疗师们解释说，
想回到床上，
我得从轮椅上下来，
持着助行架，再到床边。
他们把这个写在一张图表上，
就在我床头上方。

我们坐在医院外面的花园里。
艾玛和孩子们一起来了。
我坐在轮椅上。
我们戴着口罩和太阳镜。
我们谈论取消的假期、
关门的商店和封城（lockdown），
我问封城是怎么回事，
他们说，至少天气还不错，
但你不会注意到的。
他们问我吃得怎么样，
我说我很喜欢，
尤其是汤，
我想他们是把前一天剩的食材
打成了泥。
我说，你知道吗，
我记得前一阵子，
在另一家医院，
我还不能自己吃饭，
手直哆嗦，
胳膊没力气。
艾玛说，我知道。
我想这意味着我已经跟她说过
15 遍了。

理疗师们说要带我去健身房。
我又一次慢慢地从轮椅上站起来，
挪到助行架上，
再坐到软垫长椅上。
他们想让我双手向后撑着，
从长椅上站起来。
这么做时，我又开始喘不过气来。
我听到我的呼吸在右耳里轰鸣。
他们告诉我如何呼吸：
深深缓缓地从鼻子吸进去，
噘起嘴，从嘴里呼出。
他们说我血压很低，
我的身体不想站起来，也不想走路。
他们说，用你的脚踩踏板。
每次轮到左心室
将血液泵至全身时，
我就会想到我的心，它想放松。
它会想：何苦呢？我们回到床上去吧，
躺在羽绒被下面。

但理疗师们想让我使用助行架
迈出一步。

我握紧助行架，
试着抬起腿。
那感觉就像我在指使
一个不存在的东西。
我的脚拖行了几英寸[48]。
理疗师们很高兴。
我感觉他们对我的期望
远远超出了我的能力范围。
我坐着轮椅回到床边，
扶着助行架
回到床上，
躺在羽绒被下面。

又一天，
理疗师们把我带到双杠前。
当我摆动一条腿，
或者试着向前走，
或者横着走，
或者站在一头，我们互相扔球时，
我可以抓着双杠。
我感觉腰部有一截，
好几个月都使不上劲儿了。
我可以扶着助行架走几步。
我记得我们住的那个街区有个人，
他肯定中过风，
要借助助行架
从他家走到商店。
也许今后我也要像他那样了。
我记得在我见过他的那些年，
他一直是那么做的。他就是那样，
从未停止过使用助行架。
那就是他的处境。
是的，或许我也会那样。
他们说，尽量不要拖着脚走，
看看你能不能把脚抬起来。
向前看。

—

床唱道：

“你为什么离开我？

回来。

我在这里等你。

你为什么浪费时间

在那边

走来走去，

当你可以舒服安静地

跟我躺在一起时？

回来，

回来，

我会将你妻子送我的毛皮毯子

轻轻盖在你身上。

我的枕头会轻抚你的面颊。

别站在我旁边，

虚弱无力，浑身颤抖。

我会抱着你，支持你，

一整天，

一整夜。

现在听我说：

无论你在哪里，请记得我。

当你恐惧时，
当你不知道是否能继续
那个想走路的疯狂念头时，
你会知道，我在这里
等着你，
为你的放弃，
放弃，
放弃，
做好准备。”

二

“不，
我正在学习摆脱床。
你一直善待我，
但我不能和你在一起。
我会变成一摊烂泥，
我的器官会衰竭，
我会枯萎，
我会滑入你的褶皱，
再也不会醒来。
我正在让自己摆脱床。”

在健身房，
我可以走 5 步，
抓住栏杆。
理疗师说真棒。
我很骄傲。

她说她认识
喜欢我的书的孩子。
我很骄傲，
但也很难过。
我相信我再也不能
站在 500 名孩子面前，
给他们讲我的诗和故事，
听他们笑了。
我对她这样说。

她说，你不能那么说，
也许你还会再做那些事的。

职业治疗师教我
如何拥抱自己的虚弱。
我必须做出选择：
训练，
或者放弃。

我脑袋里每天都会想着治疗师。

我这么说让事情听起来很容易。

我其实想说的是：
不再说“救救我”
需要脑力劳动。

我选择训练。

艾玛来到健身房，
看我走路。
我变得焦虑起来。
我想让她看到，
昨天我几乎走过了整个
健身房，一步没停。
她坐在一个器械上，
看着我。
我又听见自己喘着粗气。
我的腿发软。
我走不到墙那边。
我晃了几下，停下来。
我对她说，其实我昨天走得更好些。
我听见自己在恳求。
我瞥见了几年后的自己：
走 10 大步，气喘吁吁，停下来。
我不会好起来了，是吗？

又一天，

他们说我不能再使用助行架了，

他们给了我一根 NHS 拐杖：

铝的，高度可调节，

硬塑料手柄。

我认为这很疯狂。

仅凭一根拐杖我支撑不了自己。

理疗师们解释说，

移动的方式是

右手握着拐杖，

拐杖向前，

左腿向前，

右腿向前。

我能感觉到他们在扶着我，

护士多琳从后面

扶着我。

我又一次气喘吁吁。

我认为这是个毫无意义的任务。

我**可以**坐轮椅，

我**可以**使用助行架。

我不需要拄拐杖。

他们非这样不可。

拐杖。左腿。右腿。
拐杖。左腿。右腿。
拐杖摇摇晃晃。
他们说，抬起头来。

这很危险。

我写了一条推特，
说我有了一个新朋友——
“黏拐拐”（Sticky McStickstick），
它在帮我走路。
人们似乎很高兴
我没死。
“黏拐拐”
逗得他们哈哈笑。
我给“他”拍了一张
躺在我床上的照片：
手柄枕着枕头，
杆体在羽绒被下面。

他们说，今天
我们试着爬楼梯。
在楼梯上，
他们叫我抓住扶手，
艰难地往上走，
先用一只脚，
再用另一只。
我的右腿不听话。
它表示拒绝。
他们说，这次别担心，
肯定行。就用你的左腿吧。
他们问：
你家的楼梯有多少级台阶？
我努力想象家的样子，
还有楼梯。
好难。
我数不清。
他们说，我们希望你在回家前
能爬楼梯。
我想：为什么？我可以生活在一个楼层。
我想起了克里斯的祖母，
她住在他们家客厅。

但接着我想起来她 90 岁了。
我 74 岁。
也许我跟 90 岁老人差不多了。
有人对我说，
我们都是同龄人
只是处于不同阶段。

我算了一下。
他说得对。

我试着走着去厕所，
不用“黏拐拐”。
我脚步蹒跚。
我想到：
M 人乐队和希瑟·斯莫尔[49]。
我自顾自地唱起：
“寻找你内心的英雄。”
我走到厕所，
坐在马桶上，
想知道有多少人
是唱着
“寻找你内心的英雄”
才走到厕所的。

护士告诉对面床的彼得，
他的尿液颜色很暗。
他说：“时代就是黑暗的。”

我了解死亡。
我是看着我母亲死的。
她从床上坐起来，咳嗽，
一位护士跳上前，
接住她嘴里咳出的东西。
她向后倒在枕头上。

一天清晨，
我走进我儿子的房间，
告诉他我要出门，
但他一动不动，冰冷，
听不见我说的话。
我拨打了 999，
他们让我把他从床上拉起来，
让他侧躺。
他的胳膊举在空中，
离开他的身体，
一动不动。
当他躺在地上时，
有东西从他嘴里出来，
掉到地毯上。
他们让我摸他的脉搏。

没有脉搏。
我把这个情况告诉他们，
他们说，他死了。
后来，他们把他装进一个袋子，
我听见拉拉链的声音。
他们把袋子拖下楼去。

我意识到，走路这件事
我学了三次：
第一次
大概是在我一岁时，
我们住在一家商店楼上的
带后院的公寓里。

我天天走路，
一直到我 17 岁那年：
我被一辆汽车撞倒，
在医院的吊床上
躺了 8 个星期。
他们让我起来走路。
我走不了，
于是他们把我送到一个康复中心，
教我在离沃特福德[50]不远的
一片田野的中央
走路。

然后就是这次新冠疫情之后。

三次。
似乎有点儿过分。

星期六，来了一个人，
他说他是周末理疗师。
他让我拄着拐杖
沿着医院的走廊走。
我从病房走到厕所，再走回来，
拐杖。左腿。右腿。
我很高兴。
也许慢慢我能做更多的事。
他让我一定小心，
不要“依赖拐杖”。
我在想，拐杖是如何
让我能走路的。
我就是依赖它。

在健身房，
工作日理疗师
让我扔掉拐杖。
我走在双杠中间，
我可以碰它们，
但尽量不要。
我做到了。
我和他们踢球。
我想象那是在家里，
和我的足球运动员儿子一起。
那是多么遥远的事！
如此遥远！

你们的手会说话。
触摸是一种语言。
每一只手掌，
每一个指尖，
都是你们故事里的诗行。

我明白每一只手说的话：
这只手匆忙。
那只手犹豫。
这些手担忧——
我歪向一边时，它们会抓住我。
这只手懂很多，
它会寻找之前我注射
血液稀释剂后出现的肿块。
那只手会寻找褥疮——
它会涂抹凡士林，
传递善意。

半夜，
护士们把我吵醒，他们喊叫，
开灯，拉帘子。
我不清楚他们是焦虑还是愤怒。
我在一旁偷听。好像有人从床上
掉下来了。
他们是在责备他吗？
可能。其中一个人喊道：
他正试图走路！
我们都知道，这里的人没一个能走路，
所以他或许是在睡梦中学习走路。
我想象他在帘子后面的样子——
侧身滚到地上。
我摸了摸床边的
金属护栏。
它就像围栏，将我困在里面。
我不会滚下去。
我猜他一定是把护栏
移到了可以翻下去的位置。
护士们正在检查
他有没有摔坏哪里。
我听不见他跟他们说了些什么。

我已经离家
3 个月了。
你在学着过没有我的生活吗？
你一定会煮好早上喝的咖啡，
自己端到楼上去。
我会用燕麦、“葡萄坚果”麦片、葡萄干和树莓
自制一种奇怪的早餐，
听不到我嘎吱嘎吱咀嚼的声音好吗？
你可以一个人在电视上
看电影吗？
大概没问题。
我留下的文书工作
令你沮丧吗？
那些账目呢？
也许你并不像我
那么讨厌记账。
你是不是厌烦了
一遍遍告诉别人
我身体如何？
床是不是显大了？

我手里拎着拐杖，
沿着走廊走——没用拐杖。
我走了一次。
两次。
理疗师们说，在我出院之前，
他们会跟我回趟家，
看着我从一个房间走到另一个房间，
看着我上楼，
看着我出门，再回来。

3 个月后，我回家待了几个小时；
理疗师们带我在房子里转了一圈，
告诉我应该在哪儿抓扶手，
或者借助哪面墙。
不可思议的是，我看到
我们家楼下确实有厕所。
我都忘了。我还想象过，
如果我在楼下，
每次需要上厕所，
都要气喘吁吁地爬楼。

家人看着我。

我不知道看见我这样
他们是什么感觉。
抱歉，这就是我。

理疗师们说，他们会把助行架送过来，
放在马桶旁边，这样我就能站起来。
还有一张长凳，架在浴缸上，
这样我就能把全身上下洗干净。

我走进客厅，
我意识到他们已经教会我走路。
医院和家之间的鸿沟
填平了。

六 回家

VI GOING HOME

我不确定我就是我。
我的视力不复从前。
我的听力不复从前。
我的双腿就像硬纸管，
灌满了糨糊。

我是一名旅人，
去阴曹地府走了一遭。
我违反了必须留下的规定。
我横渡回去，
躲开看门狗，
逃了出来。
现在我已经回来。

我四处游荡。

我把一些东西落在那儿了。
它带走了身为囚徒的我的一部分：
一只耳朵和一只眼睛。

它们在等我回去。
耳朵在听。
眼睛是望风的。

我嘴里有东西，
在牙齿边缘，
在舌头后面。
我不会再做已经做了
40 年的事——拜访学校，
给几百个孩子讲故事，
去电台播音室
做关于语言的采访，
在大学里教书。
我不是那个人了。
我是一个坐在家里的人，
琢磨着那只看不见的眼睛，
那只听不见的耳朵，
还有我嘴里那个无法愈合的东西——
气切手术后的伤口。
我是一个努力变强壮的人，
绕着花园一圈圈地走，
或者抬起绑在脚踝上的重物。
我能听见自己试图
像从前那样说话，
用同样的词语，
把脸扭成同样的形状，

但感觉我正在依附
某些不再属于自己的东西。
我不确定我就是我。

回到家，
听艾玛说，
我在重症监护室住了 47 天。
我想，她以前告诉我的是，
我住在一个病房，那里的护理很细致，
仅此而已。
她跟我说了好几次，
我才明白，大部分时间
我上着呼吸机，处于诱导性昏迷，
很多管子在我身上插进、拔出。
我意识到 4 月和 5 月的大半时间已逝。
记忆里没有它们。
从那时起，
我脑袋里空空如也。
没有 4 月和 5 月的记忆。
她告诉我，5 月 7 日那天，
医生和护士给我唱了《生日快乐歌》。
我想到她在家等我，
不知道我能否活下来；
即使我活下来，也不知道
我能否从这场灾难中走出来。
我感觉我的脸皱了。

一想到她信念坚定，
我就会流泪。
那些个日日夜夜。
还有孩子们。
两位理疗师过来。
他们让我穿过房间。
他们说很好。
他们让我用腿顶住他们的手。
他们说很好。
其中一个人问我
长期目标是什么。
我停下来思考：
我的长期目标是什么？
我有长期目标吗？
我应该有长期目标吗？
我想写本书——
关于一只叫“加斯东·勒狗”的法国狗。
我没那么说。
我说，我希望我能
走到街角的犹太熟食店，
再用我们的小推车
把买的东西推回来。

理疗师笑了。
她把这句话记在了她的本子上。
我想说的是，去购物
并把买的东西拿回来，
似乎是个艰巨的任务，
比我现在能做的任何事都艰难。
这像是一个长期目标。
她问：还有别的吗？
我想：多活一段儿时间算吗？
我从来没想过腌黄瓜——
只是买回来而已，
但我母亲做的腌黄瓜很好吃，
我想哪天试着做一下。

他们说，你恢复得很好。

我脖子上有个洞。
艾玛解释说，他们让我睡着，
在我脖子上开了个洞，
把一根管子插了进去。
我记得我梦见喉咙里
有一大块儿白色的塑料，
像意大利笔管面。
回到家里，
我意识到，有好几次
我差点儿就死掉了。
如果艾玛没给全科医生邻居打电话，
如果她没给我检查身体，
几个小时后，
我就会因多器官功能衰竭
死去。
如果医生没有给我用上呼吸机，
没有给我做气切手术，
我可能因缺氧死去。
如果护士没有吸出
我肺部的分泌物，
我可能会被自己的痰淹死。
如果他们没有播放

艾玛挑选的音乐，
我可能仍在昏迷中。
还有那些视频电话，
她告诉我不用担心，
什么都不用担心，
我一定会好起来的。
她一直在告诉别人
我的病情在好转，
我意识到，她在托着我，
用言语支持我。
所有的关怀、信心和爱
将我留在这个世界上。
我看着艾玛，
想告诉她，
但时常因为太悲伤而说不出来，
我只是用手捂住眼睛，
感受泪水。

我踉踉跄跄地
走了出来：
左眼一片模糊，
左耳什么也听不见。
走路时，
我感觉右半边身子带路，
拽着左半边身子走。
我不确信
我的左脚在去往它该去的地方。
于是，我低下头看，
但很快感觉我在向左边倾斜。
我的胳膊伸出去，阻止我倒下。
管用。

眼科诊所

有一种仪器，
像放在桌面上的小支架：
银色和黑色相间。
支架上我搁下巴的地方
有一个白色的塑料下颌托，
还有一个白色的塑料横档——
我可以把额头贴在上面。
医生把它向上、
向下或向侧面拉时，
仪器会发出咔嗒咔嗒声。
我凝视一个透镜，
里面的光仿佛昏黑教堂里的
彩色玻璃窗：
红的，黄的，蓝的。
一个十字出现，又消失。
医生的脸在几英寸外，
仪器的另一边。
他让我看他的耳朵。
我想象：日日，周周，月月，年年，
他让人们看他的耳朵。
光线移动，聚焦，

再失焦。
一束红光靠近。
有一个蓝色的十字，
还有一条细细的红线慢慢
沿着屏幕移动。
然后，他给我看我眼睛内部的
屏幕截图：
球体，行星，遥远的星辰，还有
一颗彗星在飞行中划过的一道亮光。
他的手指着一个黑洞。

我坐在一个蓝色的小隔间里，
医生给我戴上耳机。
听到“哔”的一声，
我就按下一个按钮，
按住它，直到声音停止。
我闭上眼睛，
听到嘶嘶声，
脑海中浮现出耳部结构图：
鼓室、锤骨、砧骨、镫骨、
半规管、耳蜗、
听神经。

这个美丽的器官到底哪儿出问题了？
我听到“哔”的一声，是停止的声音，
但没听到它是如何开始的。
这意味着，我没有按下按钮。
我仔细听那个哔哔声。
声音很大。
我听到了下一个哔哔声的开始和结束。
我希望做完检查，
医生会在我的耳朵里转动
一个细小的东西，拔出一个塞子，

声音就会涌进来。
又“哔”了一声。
我闭上眼睛。
那一刻，哔哔声
是我生命的全部。
我看到它们了：
就像跳动的蓝豌豆[51]。

门开了。
医生给我看图表。
好耳朵，坏耳朵。
我身体失衡的数学运算。
也许过几个月，
我会清楚该怎么办——
如果有办法的话。
他在办公桌里翻找，
打开一个白色塑料盒，
找出一根小鼻涕虫大小的
灰色弯管。
原来是助听器。
什么？现在？这就戴上？
他将它旋入我耳道，挂在我耳朵上，

与挂在我脖子上的电子设备连接。
对于好几个月
听不到任何声音的耳朵来说，
那声音听起来就像
有人对着电话在喊叫。
他谈到两只耳朵的平衡。
他从坐的地方拧了拧什么东西。
他给我演示
自己如何用一个极小的开关
调节助听器。
他给了我几小盒电池。
它们看起来就像
我每天早上从其他小盒里取出的
药片。
电池是银色的。
他指着屏幕说，
我使用助听器时，
电脑会告诉他。
也许我的助听器在跟一个
会给他返回信息的卫星对话？

我想表达我的感激之情，

但他告诉我，他女儿
非常喜欢我的书。
我很感激他跟我说这个。
当我沿着走廊走，
经过那些蓝椅子时，
我感觉身体没那么不平衡了。
艾玛说，我们要一点一点地
处理每一个问题：
眼睛、耳朵、气切手术后的伤口。
我不能奢望
即刻解决所有问题。
她在我戴助听器的那一边
跟我说话。
我说，有点儿像在打电话，
然后意识到
自己这么说太不知感恩了。

今天我觉得自己很蠢。
我觉得我一定是因为愚蠢，
才感染了新冠。
我想到一连串我认识的人，
没有一个人感染。
我一定是做了什么蠢事。
作为唯一的一个，
我一定知道些什么，
关于某种我贸然而为的事。

我感觉这种愚蠢
造成的后果是我成了艾玛的负担。
她准备好装有抗凝血剂的注射器，
将针头对准
我肚子上那圈肥肉，
扎进去。
她把注射器推到底，
数到 10，
拔出来。
她为什么应该干这个？
还有其他的事：送我去门诊部，
去药房，打电话

给我们见不到的医生，
以及我暂时还
无法独立完成的购物。
因为我很蠢，
我成了她的负担。

有时我会颠倒时间，
模糊了事情的顺序。
事情即将发生，
与日子或日期无关。
因为事情短时间内很重要，
我试着把它理顺：
我面罩上的流入管掉下来
是在我戴上连指手套之前，
还是之后？

保持秩序曾经很重要。
我过去常对我兄弟说，
那次去威尔士度假
是在我们去诺森伯兰郡[52]之前，
还是之后？

我开始觉得我不必知道。
毕竟，即使我知道，
并能把一切排列整齐——
按时间顺序，
也未必会使事情变得更简单。

你说，我躺在床上挣扎着呼吸的
最后一晚，你感觉
死亡的阴影掠过我的脸。
我记得那诗行——
关于行过死荫的幽谷[53]，
或者死神如何宽恕一些人，
而杀死另一些人。
我很困惑，既感恩
又难过：
为我现在还活着感恩，
又为那些没能活下来的人难过，
也为你难过，当我想象
你看到那道阴影是什么感觉时。

生命中的 47 天
已经逝去。
它们是一片空白。
无法回忆起。
一个我不能重游的空间。
一段我不能幻想的时间。
我有电视急诊节目的一些照片：
苍白、浮肿的人，
鼻子和喉咙里
插着管子，
输液架在他们床边，
监护仪上显示波峰、波谷，
发出哔哔声。
我自己躺倒在床上。

这是想象的。
我不知道我经历过这一切。
这是死亡预演，
一场为真正死亡所做的彩排，
而我并未参与其中。
你告诉我当时我在场。
又不在场。

房子老了。

墙上有一道裂缝。

我们最好找个人来看看。

很难判断是严重的

“结构”问题，还是

只是灰泥上一条细如发丝的裂缝。

仅仅看一下很难讲。

有些地方的涂料

起皮剥落。

可以修补一下吗？

还是那一片都需要粉刷？

地板上有几根钉子

翘起来了。

不打紧，

但如果我们有人光脚，

会引发连锁反应。

有趣，一个地方破损

可能会导致别的地方破损。

一个龙头漏水了。

屋顶上有一两片瓦

滑落了。

房子老了。

我洗澡。
先洗头。
我喜欢热水拥抱我。

我胡噜了一把脸，
感觉嘴里有头发。
我让水把它们冲走，
冲到淋浴盆里。
是一卷头发。

我又胡噜了一把脸。
把头发
从脸上弄下来。
水把另一卷头发
冲到淋浴盆里。
我把两卷头发放在
淋浴盆边。

洗完全身，
擦干，
我去拿了几张
手纸，

回到淋浴盆边，
将那两卷头发
包起来，丢进马桶，
冲走。
我回到浴室的镜子前，
看着我头顶上
头发之间的皮肤。
我觉得还是不要
把侧面的头发梳过来遮秃了。

一

每天早上：
我用右手揉搓艾玛在阳台上养的
百里香，
然后把手指放在鼻子前面，
吸气。

二

周日美味：
往我的柠檬茶里
加了一勺蜂蜜。

三

那种感觉：
当邮递员说，
很高兴看到你起来走动了。

七　康复，第二部分

VII RECOVERY · PART TWO

我不是曾经的我。
我就是曾经的我。
这不是我。
这就是我。

我现在是那个人，
他感染了新冠：
那是 3 月份流行开来的东西。

我现在是那个人，
他消失在
4 月和 5 月。

我现在是那个人，
他凝视着镜子，
希望他的左眼
可以看见右眼看见的东西，
瞥见那黑黑的
大瞳孔
也满怀希望地回望着我。

我现在是那个人，

他的左耳
通过助听器
听到电话机般的啸叫，
那声音就像水烧开时
水壶的鸣叫。

我现在是那个人，
他会对每一阵剧痛或者我身上的
每一个痕迹保持警觉。
我正在逐渐了解这个人。
这不是我。
这就是我。

我与负责重症监护的
顾问医师见面。
他告诉我这是一场“大屠杀”。
那时我身边都是垂死之人。
我没有垂死，
但他们不知道我能否醒过来。

他告诉我关于新冠肺炎的事，
他的话语勾勒出一幅画面：
病毒的刺突
附着在我们体内的
一种蛋白质[54]上。
他用他的手指刺戳拳头
给我演示。

病毒似乎很聪明：
利用我们身体的反应，
穿过我们的肺部，
破坏我们全身的器官。
很难不把它想象成
是有意图的，它这么做是
因为它想。

微小的病毒却有着巨大的头脑。
我看过病毒的照片：
蓝色，长着刺突。
在我心里，它变成了一只邪恶的刺猬。
我对自己说，这不科学，
也没有用。

顾问医师告诉我，艾玛
做到了。
他们努力让我醒过来。
她告诉他们我喜欢什么音乐。
她送来我们家人的照片。
我睁开眼睛，
但他们不确定我是否看得见，
我挥动胳膊，
仿佛是因为某事感到不安，
但其实我并没有醒。

他们不知道我能否醒过来。

他告诉我，他们安排了一次见面。
他们用轮椅将我推出去。

艾玛进来。
她跟我说话，
握住我的手，
给我放孩子们发来的信息。

我想，艾玛跟我说过这事。
但他又说，我们把你推进电梯，
你被改变了。
你醒了，明白
正在发生的事。
那是一个突破性的时刻。

我顿时醒悟：
是她的所言所行
进入一个被冰冻的大脑，
将它解救，
她给了我自由。

邪恶的刺猬

今天我想到了两句老掉牙的话：
无知是福。
浅学误人。

我记得，在医院里
医生和护士会给我讲
我的事。
我不知道那是否意味着
第二天我就会死。
我现在有种感觉：
那时候，
我并不在乎。

也许是因为他们给我用的药。
我暗暗耸了耸肩。
他们说，你有轻微脑血栓[55]。
我想：那又怎样，
既然是轻微的？
我不会因为它们感到焦虑。
我看不见它们，
也不觉得疼。
我没有查询“轻微脑血栓”的相关信息。

我思考的事至关重要，
比如我的眼睛模糊，
但医生们似乎并不为此烦恼。
我说，可一切都是向一侧倾斜的，
我看不清楚，
也无法阅读。
一位年轻的医生说，
这是我们第一次听说
新冠肺炎会导致眼睛模糊。
我想：我才不在乎
这是不是第一次，
但如果我们能做点什么，
我会很高兴。

现在我回家了，
刚一回来，新问题就出现了：
我的膝关节疼，我那只好眼上长了斑，
我的右乳头疼——
我打开电脑，脑子里装满了
可能的原因、可能的结果、
可能的危险。
我在床边药物的交响曲中，

查看了每一种药的不良反应。

服用非那雄胺[56]偶尔会出现不良反应：
乳头疼。

现在我知道了。
就这样，一个问题解决了。
但真的解决了吗？
乳头疼还有其他原因吗？
我上网搜索了一下“乳头疼”。
半夜了。
我该睡觉了。

我想知道另一个时间表：
不是我自己的。
世界卫生组织是什么时候告诉我们
疫情即将爆发的？
又是什么时候告诉我们
有必要戴口罩、保持社交距离，
以及进行检测和追踪的？

我去看了那个网站，发现是 2 月。
我第一次感到愤怒。
我不知道，世界卫生组织说的
每个国家都应该做的事，
为什么我们的政府没有做。
它似乎以为自己懂得更多。
我听到更邪恶的想法：
当病毒在人群中传播时，
允许我们中间的一些人死去，
这样其他人就能获得“免疫力”。
那些死去的人
将是值得付出的代价。
无论如何，最有可能死去的
是老人和病人，所以，他们（我们？）

没有年轻力壮的人重要?

我的思绪回到我生病的时候。
如果政府按照世界卫生组织的建议
去做，我想，
也许这些事就不会发生在
我身上，
不会发生在成千上万和我一样的人，
或者成千上万死去的人身上。

今天我走着去牙科诊所。
口腔保健师戴着口罩，在“屏幕”后面
刮磨我的牙齿。
从牙科诊所出来，我又走着去了超市。
我给家里买了燕麦片，
给艾玛和孩子们买了牛角包。
结账时，我糊涂了。
售货员帮了我。
我走回家。
我对艾玛说：“我给你买了个礼物。”
明天我会去更远的地方：
去马丁商店（Martyn’s），
这家商店卖全世界最好的果干儿、
最好的泡菜、最好的水果蛋糕、
最好的燕麦饼干。
我会给自己买大大的黄葡萄干，
给艾玛买姜味巧克力。

家里有各种医疗用品：
药片、注射器、眼药水、药膏、
凝胶和漱口水。
我有锻炼用的哑铃和自行车，
还有一根做拉伸的阻力带。
我们可以买一个血压计、
一个血氧仪来测量
我坐着、站着或爬楼梯时的血压和血氧值。
没准儿有自助 X 光机、
核磁共振扫描仪，
我们可以放在客厅里。
我记得我跟护士说，
我的吊瓶坏了。
我说，不滴答了。
我们也可以买个那玩意儿。
周五晚上我们吃外卖的时候，
金属支架就在我身边，餐桌旁。

做扫描前，
他们问我体内有没有金属植入物。
我说没有。
回到家后，
我想起我小时候
吞过我父亲的便携式闹钟的
一条小金属腿。
万一它还在那儿，会怎么样呢？
可能会影响扫描结果。

一盒盒药片
堆在床边，
像小孩的积木。
这个，一天三次；
这个，一天一次；
这个，一天两次。
每个盒子上都标着
花哨的名称：
阿哌沙班[57]、非那雄胺、
呋喃妥英[58]、左甲状腺素[59]。
我读了附带的说明书：
可能出现的不良反应是，
总是会腹泻。
为什么可能出现的不良反应不是
控制不住地大笑，
或者想弹贝斯？

还有滴眼液：
地塞米松、多佐胺[60]、
比马前列素[61]或噻吗洛尔[62]。
一天三次，
使用两个星期；

一天两次，使用一个星期。
还是正好反过来？
艾玛知道。
“把头往后仰。”
滴一下。
感觉像眼睛里进了洗发水。
眼睛依然模糊。
顾问医师给我讲青光眼[63]，
说眼压 30[64] 可不好。

我学了一些新名词，
眼前房[65]、
抗凝血剂、
输尿管、
水肿、
内侧韧带[66]。

我记得我曾经想当一名医生。
我学过氧解离曲线[67]、
克雷布斯循环[68]，
我甚至见过克雷布斯本人一次。
一个小老头，弓着腰，

领着他的学生们穿过实验室。
他是大屠杀幸存者。

可是我当不了医生。
我发现我不够爱这一行。
而我在这里，
嘴里含着
抗凝血的阿哌沙班，
好像我知道自己在说什么似的。
得了，迈克尔。
你不是医生。
你是病人。

一种药，一天四次。
三种药，一天两次。
还有三种药，一天一次。
一天一次的三种药中，有一种
是双倍剂量。

我们过去经常说，我们不喜欢
我们家后面那个
月神咖啡馆空调出风口的噪声。
今天空调也开着，和往常一样：
一种平稳的、呼吸般的嗡嗡声。

我们过去经常说要给市政部门打电话，
看看是不是噪声超标了。

也许我们会那么做。

我发现噪声盖住了
我那只聋耳朵里的嘶嘶声。

有那么一会儿，
我不确定我们还该不该
给市政部门打电话。

我们告诉大家我回家了。
消息登在报纸上，
我上了广播和电视。
迈克尔回家了。

人们很高兴，发来关爱的信息。
有些人说，
他们很高兴我康复了。
有些人说，他们很高兴
我又做回了原来的自己。

他们很高兴我也高兴。
人们关心我，我感到很幸运。

我看着“康复了”这个说法，
很想把它改成“康复中”。
我不确定我能不能“康复”。
至于“原来的自己”，
他是我 6 个月前认识的那个人。

我们的女儿告诉我，
你和我视频
通话时，
我在重症监护室，
我的眼睛睁着，
但我只是盯着看，
不说话，
不回应你说的话。

我渐渐明白，
生与死之间
隔着一个地方。

我在那里待了数周。

我对进急诊室前的状况
了解得越多，
就越了解
我在重症监护室的状况。
我知道，有几次
我差点儿走掉了。
也许我不该这么努力
去了解。

很多年前，我坐在孩子们的床边，
等着孩子退烧。
我是家长。
这是我们该做的事。

护士们给了我一本“患者日记”[69]。
读着它，我开始意识到，
我躺在那里不省人事时，
一位护士坐在我床边，
一整夜，
夜复一夜，
跟我说话，
给我讲故事，
帮我清洁身体，
试着把我从昏迷中唤醒。
当漫漫长夜过去后，
他们坐下来给我写封信——
后来都收入了这本“患者日记”。

我试着去理解
这种奉献。
他们不是我的父母。

我读到公交车司机死去，
因为政府的封锁令
晚下达了一个星期。
公交车司机：坐在驾驶室里，
每天被数百人对着呵气，
并因此死去。
这原本是可以避免的。
他们原本可以跟伴侣、孩子、
朋友和同事在一起。
我暴躁又愤怒。
这不公平。
不过，我们还是不要谈论死亡了。
我们来谈谈生命吧。
数百人帮我保住它。
我沉浸在艾玛给我讲的故事里，
在我差点儿死去的时候，
她都说了什么、做了什么。
她送来一条羽绒被，
这样我就不必一直用
被医院称作“毯子”的
那条蓝色薄床单取暖了。
我以前跟你们说过吗？

我经常重复自己的话。
但有些人不认识我。
很多人。
他们中间有很多人
用来自遥远国度的口音跟我说话。
有那么一刻，我感觉他们
离家千里万里——
巴西、尼日利亚、格林纳达、乌干达、菲律宾……
似乎就是为了拯救我的生命。

我读了他们
在我昏迷时写给我的日记和信——
写在一个黑色的小本子上。
这些陌生人为什么如此努力
让我活下来？
这是一种我难以理解的善举。
那些话语告诉我，
他们想让我活下去。

我可能再也见不到他们了。
我们来谈谈生命吧。

第四频道[70]的《今日》节目
看到我写的一条推特：
人们说得好像
老年人死于新冠肺炎
没什么大不了的，
或者至少
没年轻人那么重要。
这感觉不对，
好像我过了 70 岁，
就可有可无了。

他们让我来《今日》节目，
谈谈这件事。

我去了。

我说，我想活着。

那天是 3 月 10 日。

这意味着，我谈论这件事时，
已经感染新冠。

我想起父亲的晚年
是怎样病恙缠身：
这儿疼；
那儿被切除了；
这儿被留下了。

他试着谈论其他事：
他在去世前一周
给我推荐了一本书。
我们有时确实聊聊足球。
他也确实打听过孩子们的情况，
但很快又会回到他真正
感兴趣的问题上：
这儿疼；
那儿被切除了；
这儿被留下了。

在他病重前，
我们经常谈论
他正在写的那本书。
我 13 岁时，
他用各种不同的声音

给我们读《远大前程》[71]，
后来，又读《第二十二条军规》[72]、
《麦田里的守望者》[73]，
再后来，读他自己写的短篇小说。
他说起外国老作家——
伊萨克·巴别尔[74]、亚历山大·赫尔岑[75]、
安东·马卡连柯[76]，
赞不绝口，
好像他们是他的朋友。
他的目光犹如一盏前灯，
倾泻在即将出现的风景上。
他觉得自己有权利探索世界。

但后来他退缩了，
他研究最多且最担心的“风景”
是他身体的各个器官。

我告诉自己我看到了危险。
我听见自己没完没了地谈论
我的眼睛、我的耳朵、
抗凝血剂。
哦，今天我感觉很虚弱。

哦，今天我感觉没那么虚弱。

哦，今天我的膝盖疼。

哦，今天我的脚指头麻了。

我听到自己在退缩。

今天，我忽然明白，
康妮，我的母亲，我对你的了解，
还不及我对哈罗德，你的丈夫，
也就是我的父亲的了解的一半，
这一点令我很吃惊。
你是 56 岁那年离开的，
那是 44 年前的事了。
有些情景还历历在目：
你在床上给我读
一本叫《米斯基托男孩》的书，
我们因为书中的一个
关于发酵香蕉的笑话大笑。
十几岁的我留了长发，
你罕见地对我发火，
你皱着眉头，把头一抬，
转身离开我。

我有你的文章、论文，
还有你与哈罗德
合写的那本书。
你们俩写那本书时，
我多次看到你不喜欢

他想写的内容，你都如实告诉他。
这可不容易。
在你生命的最后几个月，
我们没有说过话，是不是？
那时，你讨厌自己的样子，
因为医生切除了
你的半个下颌[77]。
几个我几乎不认识的女人
来到家里，
进了你的房间，关上门。
几个小时后，她们出来，
离开了。
我想知道你们都谈了什么。
现在我想不起来那几个
来过的女人的名字了。

我知道你原本希望做更多的事，
你还没有做完——
远远没有。
你想跟那些和你一起学习的人
继续在一起，
学习新的做事方法。

他们有时会给我写信，
告诉我，与你共度的时光
多么重要。
你的生命延续下去了。

现在我想起
你对我说过的那句话，
当时，你小时候常说，偶尔也排斥的意第绪语[78]
脱口而出。
你很生气，因为一个好主意，
如果遇到不对的人，也会变坏。
于是，你说：
“迈克尔，即便是最棒的主意，
也会被有些人变成狗屎。”

你临终前说：
“我还算长寿[79]，
对吧？”
你从没打过板球，
也不看电视上的板球比赛。
即使当我和哈罗德
因为吉姆·莱克[80]在一场测试赛中

19 次投中三柱门而激动不已时，
你也不会谈论它。
你头脑里一定有
100 个关于生与死的
意第绪习语，
却向板球借词，
来表达生与死的意义。

我不知道你为什么这么做。

到处是疫苗和特效药。
我们看到各种图片：实验室、
移液管、注射器，
还有戴着口罩的科学家
在一层层玻璃后面默默移动，
像鱼一样。

我们听到一个消息：
远方的人正在接种疫苗。
说者心存疑虑。

我们一边等待，
一边窥视着鱼缸。

我记得我去看医生，
咨询我腿上长的一块儿斑。

我：我腿上长了块儿斑。
医生：你认为是什么？
我：皮肤癌？
医生：比这严重。
我：真的吗？
医生：是老年斑。

一根细管
将助听器
与我耳朵里的耳塞连接。
听觉病矫治专家给了我
一根塑料线，
说我应该用它
清洁细管。

有时，
我的助听器
不好用了，
我就把这根塑料线穿进
那根细管，带出来
一点儿耳屎。

好爽。

我的牙医：你长牙，
然后补牙，然后镶牙，
然后拔牙，
然后安假牙。
我：然后你就死了。
我的牙医：对。

我儿子发现了一种新玩法：
他从我后面过来，
双手捧起我的助听器，
然后快速地来回移动双手，
这样助听器就会随着手的节奏
发出尖细的鸣叫。

今天顶着风走，
我听见：
呼呼呼呼呼，
呜呜呜呜呜，
嗖嗖嗖嗖嗖，
噗噜噗噜噗噜。

JF写道：希望你迈开大步。

我回复：步幅挺大的。

谢谢。

下坡比上坡容易。

出门后，

回家就麻烦了。

问题是，我住在马斯韦尔·希尔[81]区，

那里有一座小山。

我想，线索就在这个名字里。

这附近不是上坡，就是下坡。

地形特征很糟糕。

如果这是一条路，
我就要走到尽头了。
但是人们，很多人
把我往回拉。
他们不让我走。
他们比我还努力：
切开手术、管子、点滴、
泵、呼吸机。
他们坐在我床边，
确保我没有再次掉转方向，
朝路的尽头走。

我只是躺在那里睡觉，
吸收。
吸收。

有人对我说，没有终点，
只有旅途。

亲爱的孩子们：

我生病了。
我们会生病。
你们也会生病。

人们说，
我正在恢复，
在好转中。

我在尽力，
正如你们也在尽力。

我不知道如何能进展顺利。
我们永远无法确切知道。
这是我们唯一
确切知道的事：
我们永远无法确切知道！

我们一直拥有的是现在，
下一刻的前一刻。
我们只是不确定

下一刻会怎样。

所以，无论我们要做什么，
必须现在就做，
在我们确定拥有的时刻。

这就是我努力在做的事。
我看得出来你们也在做事。
你们现在就在做。
这很好。
现在是你们唯一能做事的时间。
不过，你们知道这个。

非常非常爱你们的

爸爸

不要再皱眉了，迈克尔。
总皱着眉头。
够了。

今天我的医疗报告有一部分

说我“感情丰沛”。

幸好如此。

我研究了那么多英国文学。

如果他们说我“感情不丰沛”，

那才真叫人担心呢。

在这个时期，
这个保持社交距离、
戴口罩的
封锁期，
我不和医生见面。
我们进行电话诊疗。

所以，不触碰，
不号脉，
不量血压
或者体温。

我拨通电话，医生说：
“我能帮你做点什么？”
我解释说，发生了
一些奇怪的事：
我有一种感觉，
它从我的眼睛后面开始，
蔓延至全身，
像一阵热潮红，
以我尿裤子结束。

停顿了片刻。

“你在服用什么药物？”
我想，她应该知道
我在服用什么药物。
有一长串药物名称，
针对我身体的不同部位，
它们需要维持、
减少，或治疗。
我将药名脱口而出。
她一边看着电脑屏幕一边说：
“啊，是的，
我这里有记录。”
我问她是不是
药片、药膏和点滴一起用
导致了这个结果。
她说不是。
这和其他问题有关系吗，
比如脚趾发麻，眼睛模糊，
还有我好像长出了多余的骨头？
她说没有。

我在打电话。
她也在打电话。
这感觉不像“诊疗”，
倒像我父亲
在电话里
跟我说他尿液的颜色，
好像我真的成了医生。
他一直希望我当医生。

她做出了诊断，
是尿道感染。
我一直称尿道为我的“自来水厂”。
尿道感染听起来更严重。
她开了一种药。
我提醒她我还在用其他药，
还有点滴和药膏；
我们最好查一下这种药
是否与其他药相克。
她查了。
哦，天哪，
确实相克。
她又开了一张单子。

“去诊所门口，
拿个瓶子，
给我们留个样本。”
她的意思是，尿到瓶子里，
这样他们就能知道她的诊断对不对。
他们会把那个瓶子送到实验室，
然后会有一个数字。
她会把那个数字输入电脑。
“你很多地方不舒服，是不是？”
我说，是。
“这正是我们要找出的新冠肺炎的问题。”
我说，是啊。
她祝我好运。
电话诊疗结束。

我的双腿变成了两张地图，
我能在这些血管中画出一条条河流。
尽管我看着它们流向双脚，
我的头知道，
无论流得多么缓慢、
多么不情愿，
它们还是会往上流。

我记得它们要去的
地方的名字：
右心耳[82]。
我是这么记住
动脉（artery）的作用的：
a 代表动脉，
a 也代表离开（away）心脏，
所以，即使是那条令人难以捉摸的、
唯一输送不含氧血液的动脉，
也会从心脏“流走”，
标出一条路径，从右心室
到肺[83]，
到网上告诉我的
所有可能受损的地方。

每次我从椅子上站起来，
康复医院的那个理疗师
都会说，
“鼻子高于脚趾”[84]（Nose over toes）。

我要验血。
护士让我握紧拳头，
她寻找静脉。
我看着针尖
在我手臂褶皱里
细小的血管上
盘旋。
针扎进去了。
我的目光跟随着血液
在针管里流动。
不一会儿，
她就会把针拔出来，
在我皮肤上的
针眼上压一块儿药棉，
然后撕下一块儿胶布，
贴在上面。
我忽然想到
我正在服用稀释血液的药：
说明书上写满关于鼻血和瘀伤的
严肃字眼。
我想，
切西红柿会有生命危险。

现在有人在我身上戳了个洞，
把血吸出来。
这很邪恶。
但血会止住吗？
也许我的血会流光，
透过静脉上的针眼
一滴一滴地流，
一天，
又一天。
她说，好了，验完了。
我揭开那块儿药棉，
看一眼我的胳膊是否
血流如注。
没有痕迹。
连通常的针眼都没有。
什么都没有。
我没有失血而死。

不是新冠肺炎，就是重症监护，
夺走了我的两个大脚指甲。
一个长出来了。
另一个没有。
无论大脚指甲重要
与否，
都有助于我锻炼身体。

有人给我写了一条关于封禁的推特：
“现在，我关心
乡下的孩子，
以及这种荒唐的监禁
对他们的影响有多严重。
你也应该关心他们，
如果你还是原来的你。”

我回复：
“我不是原来的我了。
我正忙着尽量别死。”

追踪？

从来没有人问过我
我在哪里，
或者我跟谁在一起。

网上有人
试图告诉我，
我是个骗子，或者我受骗了，
我参与了一个阴谋，或者
我遭到了暗算。
这些都是骗人的把戏，
想要剥夺我们的自由，
还有通过口罩什么的
赚钱。

我想，有这样一种思维方式——
云彩是一个
反对太阳的阴谋，
如果你愿意这么想。

政府宣布，
学校将于 9 月重新开放。

一定有证据表明，
冠状病毒只传播到
学校门口，
然后就气呼呼地
转过身，
匆匆离去。

昏迷保守秘密。
我记忆的地图上
没有昏迷的位置。
我不能看望昏迷，
也不能去接它。
如果我想找到它，
如果我恳求它来，
它听不见。
或者即使听见了，
它也会拒绝走出洞穴，
告诉我发生了什么。
它在阴影里畏缩不前，
禁止我
与之交谈。
甚至都没有个标志牌——
上面写着“这不是记忆”。

我意识到我忘了他的名字。
他大名鼎鼎，
演过数百部电影。
我们昨天还聊到他。
我们笑着说，
他总是在跑，
他总是那个好人，
他总是能搞清楚
那些坏人哪里不对劲。
我记得他
谈论科学派[85]的片段。
我记得在《格雷厄姆·诺顿秀》[86]上，
他身体敏捷地前倾。
我记得他演过《木兰花》、
《糖衣陷阱》。
我们昨天还聊到他，
说他如何破解坏人
骗税的把戏，
是不是这样？
当然不是他，是他
扮演的角色。
但那种片子他演得太多了，

以至于我开始认为，
做那件事的人就是他。
昨天你说过他的名字，
我也说过，
今天我就想不起来了。

记忆的岛屿
遗忘的海洋
记忆的岛屿
遗忘的海洋
记忆的岛屿
遗忘的海洋

大约6个星期后，
我头顶的头发几乎掉光了。
我的头秃了。
我们看了各种药物的副作用：
没有一个提到秃顶。
有一个说，你可能会在通常
不长毛发的地方长毛发。
比如哪儿？
我的手心上？
根本没提秃顶。
艾玛找到一篇文章，说脱发是
休克和创伤导致的。
我想我确实有过类似的经历。
她说头发还会再长出来的。
我想不太可能。

为了不去想这事，
我看电视上的足球比赛。
我看到曼城[87]主帅佩普·瓜迪奥拉[88]：
他一根头发都没有。

我十几岁的儿子认为他有权利

打我一下，

如果他猜对了比分，

而我猜错了。

他说："我猜对了，你猜错了。

你对了还是错了？"

我说："错了。"

"你对了还是错了？"

"错了。"

接下来他就要给我一拳。

我举起手，说：

"你不能打我，

我在吃稀释血液的药。

如果你打我，我身上会有瘀青，

体内会出血，

然后会非常非常缓慢地失血而死。"

这下他不打我了。

"你对了还是错了？"

"错了。"

着装建议：

如果你不小心将一小块儿鹰嘴豆泥
掉在洞洞鞋上，
要确保
它不要落在洞里。

我们在一个高速公路服务站，
看到地上有箭头，
还有提示保持“社交距离”的线：
一个是 Costa 咖啡店的，
一个是麦当劳的。
洗手间的一个标志提示，
人太多时不要进去。
人们进进
出出。
我把口罩的鼻夹捏紧。
我听到助听器里的声音，
我那只好耳朵听不到的声音。
我感觉好像不该站在
我所站的地方——
有很多自动售货机的拱廊前面，
机器发出颤抖的噪声。
我想，你去卖三明治的地方了。
我手里拿着一个蛋黄酱三明治、
一块燕麦酥。
我茫然不知
我为何茫然。

这一切发生前，
身体是可靠的。
它给我讲关于好好散步、
游泳一个小时、
绕着场地跑步的故事。

我知道它会受伤：
一个咸牛肉罐头
划破拇指，
一个板球砸断鼻梁，
还有一个被称为“疝气”的洞。

这些东西被缝合，
裂痕修复。

现在
身体是不可靠的。
它讲的故事
令人难以相信。
我体内有个东西
将血液凝成块，
阻止神经工作，

侵入我的耳朵、眼睛，
还有静脉。

过去我经常给学生讲
“不可靠叙述者”[89]，
那个讲故事
但不被人相信的人。
我的身体是一个“不可靠叙述者”。

我上网看有关目前新冠
传播情况的消息。
它进入了多少个肺？
数百万。
这一定使它成了有史以来
最“成功”的病毒之一。
它赢了一场病毒比赛。
虽然它会杀死宿主，
但有足够多的携带者活着并咳嗽，
为这种病毒带来了更多“成功”。
我又来了：
谈论一种病毒，
好像它知道什么是“成功”似的。
一位科学家在视频连线时，凝视着
BBC《新闻之夜》[90]节目的演播室说，
它甚至不是活的。它是一种病毒，
没有宿主，就无法复制。[91]
有点儿像成年的孩子，
他们自己也有孩子，
却仍和父母住在一起。

顾问医师说，
我的眼睛
要做个 Xen 手术[92]。
我听成了禅宗（Zen）手术。
我想象自己站在一个手术剧场里：
我们冥想着眼球。
我们吟诵着：
角膜
角膜
眼前房
眼前房
视神经
视神经
视网膜
视网膜

顾问医师解释说，
是 x，e，n，
他们要把一根管子
植入我的眼睛，
这样会吸干眼球内的积液。

我想起罗尔德·达尔[93]
帮着发明的管子，
他儿子出车祸后，
这种管子被放进他儿子的后脑勺，
帮助排出脑积液。

顾问医师担心
我的眼压。
他这么说时，
我想象我的眼睛肿起来，爆裂。

有人发了一条推特，说
一些关于新冠肺炎的报道
不真实，耸人听闻，
纯属不必要地吓唬人。

我回复道：
我编造了我的新冠肺炎故事。
事实上，我正躲在桌子底下。

那个人回复道：
我当然不是说
你感染新冠是你编造的，
但是，你已经 74 岁了。

“但是，你已经 74 岁了。”

我想了想“但是”这个词。
74 岁有什么可“但是”的呢？

甜蜜的睡眠，
我知道，我需要你。
甜蜜的睡眠，
我知道我需要你，
当我的脸触碰到枕头。
甜蜜的睡眠，
你涤除欲念和愿望。
甜蜜的睡眠，
你是我需要去的地方。
甜蜜的睡眠。

梦

我们在兰兹角[94]，

我们翻过一道石墙。

墙那边，

我注意到，我们站在悬崖之巅：

垂直的峭壁，几百英尺[95]深。

我说，我想翻墙

回去，

但我发现墙上有个大洞。

我挤进墙洞，这样就可以穿过去，

但是卡住了。

我对你喊道："推，艾玛！推！"

你推了。

但我穿不过去。

这时，我注意到有人

在附近走来走去。

那个地方像一座废弃的教堂，

铺着步行道，

适合游览。

我对某个人喊道：

"你能把我推过去吗？"

他试了试，但推不过去。
我感觉很无助，
也担心站在崖顶的你。
你还在推。
接着，我朝废弃教堂里的
另一个人大喊。
他抓住我，
把我拉了过去。

我刚在医院做了耳部扫描。
他们把我塞进一个密闭空间，
把我滑进一个隧道，
嗡嗡、咚咚的噪声令我窒息。
真的很熟悉：
几乎和伦敦地铁完全一样。

各种扫描结果都还没出来，
但我被叫去做“超声羊毛衫”[96]。
我是说超声心动图[97]。

做超声心动图：
我侧躺着，
赤裸上身，
超声探头[98]在我身上监测。
我怀疑超声心动图技师
来自巴巴多斯[99]，
他现场解说我的心脏：
“左心室射血分数 65%。
干得好。”
我很骄傲，
好像是我干的似的。
我又想了想，
是我干的。
这是我的心室。

现在它说话了：
一种水性凝胶[100]。
或者是一种“再见凝胶”[101]？
我听自己说话。

我们是一堆管子：
有的粗大，

有的细小。
有时，管道出故障，
或者一根管子堵塞。

在什么地方停下来，

滴眼药水？

我在这方面已经变得狂野不羁、无忧无虑。

（最多每隔两个小时。）

我不再躲在卧室里，

现在可以在街上停下来。

噗噜。

好了。

等微波炉加热

曾经很无聊，

但现在已经变成

快速锻炼臀大肌

或者做浅蹲动作的计时器。

我把微波炉变得有趣了。

门口的女人问我
要不要磨什么东西。
我想说，我的智慧。

（我没说。
我的头脑不够敏锐。）

去耳鼻喉诊所。
这是一场约会，与“命运三女神”：
耳、鼻和喉。
墙上的一块旧匾显示，
这里曾经是皇家耳科医院，
一家专为皇家耳朵治病的医院。

在负一层，
他们把一根探针推进我的鼻孔，
又插进我的喉咙。
他们给我看照片。
我看起来像吞下了一条鱿鱼。

入睡的诀窍
就是与我身体的状况
和解。
每一种烦恼与伤痛——
脚趾、膝盖、眼睛、尾骨、静脉，
都需要被抚平。
停止跟它们战斗。
没有什么是必须要做的。
哪里有剧痛，
哪里就只能有虚空。
剩下的只有气息。
感觉它从我的腰骶部
吸入，
感觉它从我的齿缝间
流出，
感觉我的腹部
变平，
一遍又一遍，
直至身体
平静，
入眠。

我爬楼梯。
是的，回家后，
我每天都会爬楼梯。
但现在，
是我第一次爬楼梯时
不摸扶手。

我摔倒，
但只是为了避免触碰。
我向前摇晃，
但不会碰到楼梯。
我的右腿向左弯，
但我会扮作走钢丝的人，
伸开双臂保持平衡。

我到达顶部，
朝洗手间走，
气喘吁吁。

我听见自己的呼吸，
想到
连爬楼梯也变得

如此重要。

亲爱的孩子们，我不能指望你们
为此感到兴奋，
哪怕有点儿高兴。
我们继续吧。

我仿佛是
走钢丝的人。

风从海上吹来，
碎浪拍击海岸。
一男一女坐在椅子上，
看着海水汹涌而来，
他们的孩子躲在椅子后面。

男人和女人静止不动，
孩子们蹲着，
在坐在椅子上的父母身后，
免受风吹。

我躺在一条毯子上，
身上还盖着一条。
我似乎是在风下[102]。
我闭上眼睛。

我睁开眼睛。
男人、女人和孩子
还在那里。

阳光在海浪上破碎。

这是美好的一天。

我走在海滩上，
每一步都检查
沙子是否足够安全：
担心摔倒。
我走到悬崖边，
抬头看这块巨石。
一个孩子
从一块石头跳到下一块，
沙滩上的庞然大物
无视她喜悦的叫喊。
大海继续做着
它一直在做的事。

一个星期后，
新闻上报道了一起坠崖事件。
就在那片海滩。

我从洗碗机里挑出 4 只碗，
然后坚定地穿过
厨房，伸开双臂，
深呼吸，
感受我的腹肌承受压力。
我回去拿杯子，
把它们拿到橱柜去，
伸开双臂，
再次感受肌肉的力量。
我回去拿一只大碗，
屈膝，
膝盖骨对着脚趾，
这样对股内侧肌有好处，
无疑。
我背着手拿着一只平底锅，
抬起，放下，
抬起，放下：
对三头肌有好处？肯定。

几天后，
我给 NHS 的理疗师
讲我的洗碗机锻炼法。

她笑了——更像暗自发笑，
而不是对我笑。
我猜，她想的是，
锻炼身体是好事，
但不要一直锻炼吧？
生活又不是锻炼身体。

我写了一首诗，叫《上课时不要耳语！》。

我在诗里说，

我们有一位老师，非常严厉，

不准我们上课时窃窃私语。

她经常对我们说：

“不要耳语！”

今天我要做 Xen 手术：
外科医生将一根极小的管子
插入我眼中，排干积液，
去除青光眼。
他告诉我，他儿子喜欢我写的东西，
还给他看了我写的一条推特。
我写道，我今天要做一个眼科手术，
他们要挖出我的眼球，
放进医院的洗衣机，
然后用强力胶粘回去。
这就是接下来发生的事：

他们给我穿上罩衣，
我的眼睛睁得大大的，
头顶的灯全都亮着，
护士们聚集过来。
这是外科医生对眼球
动刀之前的暂停，
他对我说："屏住呼吸。"

第一次听说
有个乐队叫“半人半饼干”[103]时，
我几乎为这个欢乐的创意落泪。
我一直试图想出一个类似“半人”的
名字来描述自己。
现在有了：
半人半血栓。

在眼科诊所，
外科医生告诉我，
他插进我眼睛里的管子
效果很好。
他说，现在液体有地方
去了。

我眼睛里有一根排水管。

又是眼科诊所：
两天内的第二次。

我要透过一个小孔看过去。
哦，我看见的那些字母！
可爱的 H，
还有 W，
还有 K，

不过，也可能是 R。

监督我气管切开术后康复情况的
嗓音治疗师[104]说，
你不该清嗓子。

相反，应该低下头，
吞咽。

我还要用手捂着嘴，
发出雾号[105]的声音。
为了使我的声音更有力度，
我要为难自己，
发出雾号的声音。

还有，不能清嗓子。

昨天是第一次：
我在 Zoom[106] 上和学生们聊天。
聊的是《水孩子》[107]：
一个水下世界，
逃跑的孩子们
在那里活下来。

昨天我还想到
我脑子里
埃迪（他已经离开 20 多年）居住的
那个空间，
无人照管。

昨天夜里我梦见
自己在游泳池里。
埃迪做了个水下倒立。
我听见他在下面喊叫。
他走过来，
游泳池的水如瀑布一般
从他的脸上倾泻下来。
我问他还好吗，
他大笑。

在水下喊叫
是他耍的一个花招。
他向来喜欢看我
担心他好不好。

头晕目眩的日子。
有些日子让人眩晕。
各种东西
在我脑袋里旋转。
我摇摇晃晃。
我发现我的身体向一边倾斜。
是因为我耳朵里那些
被称作“半规管”[108]的拱门吗？
今天我想病毒也进到那里去了。
它嗅来嗅去，
然后扎营。
脆弱的平衡系统
分不清上和下。
它极力跟上
我点头或平躺的决定。
管内的液体[109]流速变缓。
我想，病毒把它变成了糖浆。

耳鼻喉科给我打电话，
说大脑微出血
损害了我的听神经。
这是我通过贴在右耳上的电话
听到的。
医生让我把助听器
从左耳上摘下来。
她说：“现在把电话贴在这只耳朵上。”
我听见她大声说“99”。
接着是一阵微弱的沙沙声，
连同现在陪伴我的
海贝壳的嘶嘶声。
我又把电话贴在右耳上。
我说：“我听见你说‘99’，
别的就听不到了。”
她跟我谈起兆赫[110]，
说我的左耳还有一点听力。
其余的都消失了。
助听器会尽力利用剩余的听力。
我猜微出血止住了。
我大脑角落里的灰色
肯定变成了红色，

也许现在是棕色的。

大出血（haemorrhage）。这个词

与腹泻（diarrhoea）一样难拼写。

当时我没做的是：
沿着马路往回走，
走到那个开白色货车的男人跟前
（他正冲我按喇叭，
因为载我从眼科诊所回来的出租车
堵住了我家外面的路，
堵了半分钟），
对他说：
"你能想出一个更好的办法，
让我从医院回来吗？"

我自己购物。
连刷卡的感觉
都好极了。

我有记录损失的
账簿吗?
我看到一本账簿:
耳朵、眼睛、头发，还有脚趾的感觉
是支出。

在街角，
我仍为自己可以拎着买来的东西
艰难地走回来而骄傲。
站在自家门口的老朋友
问我身体怎么样。
我指着身体的各个部位，
说到每一个时都这样开头:
“我不能……”
“我不能……”
一个人问:“在你眼中，世界
是不是不一样了？”
我看了看:

孩子们小跑着回家，
车窗反射着阳光碎片。
我说：“是啊。”同时心想，
猜到这就是我的想法，
头脑真敏锐啊！
走最后一段路时，
我感觉买来的东西
往下拽我的胳膊。
我想，各种账簿
只注意损益，
而不关心差异。
就像我逼着自己
去玛莎百货，再回来，
我就不能努力
让自己不是一本账簿吗？
我是我变成的这个人吗？
从来不会停止：
我们一直在变。

我有隔日综合征。

隔日综合征第一天，

我去购物，举 5 公斤哑铃。

隔日综合征第二天，

我坐在沙发上，

半睁着眼睛打盹。

隔日综合征第三天，

我去购物，举 5 公斤哑铃。

隔日综合征第四天，

我坐在沙发上，

半睁着眼睛打盹。

其余的你们都知道了。

我通过玩球减轻疼痛，
一只疼痛球绕着我的身体
砰砰作响。
昨天，我膝盖的疼痛
消除了；
今天，我耳朵的疼痛
会消除。
上周，我脚趾的疼痛
消除了。
我是卡利班[111]，
被一个看不见的普洛斯彼罗[112]“刺”到：
他告诉我他给我送来
多刺的海胆，
“在漫漫长夜里”。

卡利班喜欢抱怨。
我告诉自己不要这样。
早在这之前，
我就虚构过一本书——
关于“人先生”（Mr Man），

就是“抱怨先生”[1]的。
无论你什么时候见到他，
他都会抱怨。
你跟他谈论树，
他抱怨后背疼。
你跟他谈论汤的滋味，
他抱怨腿痒。
抱怨先生总是满腹怨言。
迈克尔，你千万别做抱怨先生。

---

① 抱怨先生（Mr Kvetch）：在意第绪语中，kvetch 意为“抱怨”或“发牢骚”。——原注

人们在公园里拦住我，
说他们很高兴
我能下床走动了。
我猜，他们好像觉得
我推迟了死亡，
还能再抵挡一阵子。
然而，我不想做
虚假希望的使者。
我并没有取消死亡。
只是那时死亡没有发生。
我们都是这么做的。
生命在推迟死亡。
当我与人见面，
他们说很高兴见到我时，
我会告诉他们我没死。

秋天了，
我在对寒冬的恐惧中
停滞不前。
有消息说，
所有的发热症状，
与附着在我细胞上的
这种忙碌且多刺的病毒，
可能无法阻挡
它再次发生。

不过，此时的我
正处于各种开始阶段：
你们，我的爱，正着手干一件新的大事，
开始新的改变。
我们的女儿去上大学之前
要买灯具，还有
木勺。
我们的儿子正犹豫
要不要回学校，
GCSE[113] 的活页练习题摊在桌上。
我的孙女
还不到两岁，

坐在外面的毯子上。
我们像泰迪熊一样，
绕着花园转啊转，
一圈又一圈。
她踢球，
我们都在旁边鼓掌。

八　就是这些手

VIII THESE ARE THE HANDS

献给 NHS 六十周年纪念日

就是这些手，
最先触碰我们，
摸你的头，
找到脉搏，
为你铺床。

就是这些手，
轻拍你的后背，
测试皮肤，
挽你的胳膊，
推垃圾桶，

换灯泡，
固定滴注器，
倒壶里的水，
给你置换髋关节。

就是这些手，
给浴缸注满水，
擦地板，

轻按开关，
缓解疼痛，

烧掉拭子，
给我们打疫苗，
扔掉注射器，
设计实验室。

就是这些手，
封堵泄漏，
清空器皿，
擦拭管子，
承担责任，

钳住血管，
制作石膏，
记录剂量，
最后触碰我们。

注释

1. NHS：National Health Service，即英国国家医疗服务体系。NHS 为每一位居民提供全面的医疗保障服务，该项服务自 1948 年起开始在英国实行。——译者注（以下若无特殊说明，均为译者注）
2. 米克：Michael（迈克尔）的昵称。
3. 全科医生（General Practitioner，GP）：也称“家庭医生”。NHS 分两大层次。第一层次是以社区为主的基层医疗服务，例如 GP、牙医、药房、眼科检查等。每一位英国居民都要在住所附近的一个 GP 诊所注册，看病首先约见 GP。任何进一步的治疗都必须经由第一层次的基层医疗转介。第二层次的医疗以医院为主，包括急症、专科门诊及检查、手术治疗和住院护理等。
4. 对乙酰氨基酚：又称扑热息痛，一种常用的镇痛药。——编者注
5. ITU：Intensive Therapy Unit，即加强治疗病房或重症治疗病房。类似于我国的 ICU（Intensive Care Unit，重症监护室），Care 有“治疗和护理服务”之意，并非局限在“护理”。英国医院的 ITU，强调的是“加强治疗”。
6. CPAP：Continuous Positive Air Pressure，即持续气道

正压通气，指病人在有自主呼吸的条件下，整个呼吸周期内，人为地施以一定程度的气道内正压，从而防止气道塌陷，增加通气量，改善肺顺应性，并提高氧合作用。

7. 肺栓塞（pulmonary embolism）：指由于体循环的各种栓子脱落阻塞肺动脉及其分支，引起肺循环障碍的临床病理生理综合征。最常见的肺栓子为血栓，由血栓引起的肺栓塞也称肺血栓栓塞。

8. 亭扎肝素：别名亭扎肝素钠，抗凝血药。

9. 地塞米松：一种人工合成的皮质类固醇，可用于治疗多种疾病，包括风湿性疾病、某些皮肤病、严重过敏、哮喘、慢性阻塞性肺病等，也可与抗生素合并用于结核病患者。2020 年 10 月，世界卫生组织宣布，地塞米松仍是新冠肺炎重症患者唯一有效药物。

10.CRP：C-reactive Protein，即 C– 反应蛋白，指在机体受到感染或组织损伤时血浆中一些急剧上升的蛋白质。CRP 可以激活补体和加强吞噬细胞的吞噬而起调理作用，从而清除入侵机体的病原微生物，以及损伤、坏死、凋亡的组织细胞，在机体的天然免疫过程中发挥重要的保护作用，正常值为 800-8000 μ g/L。

11. 气管切开术：切开颈段气管，放入金属气管套管和硅胶套管，是解除喉源性呼吸困难、呼吸功能失常或下呼吸道分泌物潴留所致呼吸困难的常见手术。

12. 逐步停用镇静剂（weaning off sedation）：英文用的是

weaning（也有“断奶”之意）这个词，意味着这是一个渐进的过程，药物应系统性地逐渐减少，防止出现戒断症状。

13. 谵妄：又称急性脑综合征，表现为意识障碍、行为无章、没有目的、注意力无法集中等。通常起病急，病情波动明显。

14. 脑 CT 检查：通过 CT（电子计算机断层扫描）对颅脑进行检查，可明确显示颅内肿瘤的数目、部位、大小、轮廓、密度、瘤内出血、钙化以及扩散程度。

15.2020 年 4 月 5 日晚 8 时，英国家庭收看 93 岁的女王伊丽莎白二世发表的特别演讲录播，这是女王除每年圣诞节致辞外，罕见地发表全国性讲话，也是她在位 68 年来，第五次发表特别演讲。

16. 言语治疗师（speech and language therapist）：直接从事言语治疗工作的人。言语治疗包括对各种言语障碍进行评定、诊断、治疗和研究，对象是存在各类言语障碍的成人和儿童。言语障碍包括失语症、构音障碍、儿童语言发育迟缓、发声障碍和口吃等。

17.《我们要去捉狗熊》是迈克尔·罗森的代表作之一。

18. 2020 年，英国 99 岁的二战退伍老兵汤姆·摩尔决定发起一个小的挑战——100 岁生日前，推着助行架在自家花园走 100 圈，以此为 NHS 筹集 1 000 英镑的善款。结果，到了 4 月 30 日，老爷子百岁生日那天，他募集到了惊人的 3 279 万英镑。英国女王伊丽莎白二世亲自授予他骑士头衔。2021 年 1 月，汤姆患上肺炎，新冠检测结果为阳性，于 2 月 2 日去世。

19. 氧合：氧气从肺泡至肺毛细血管被动弥散的过程。

20. 血氧水平：指血液中循环的氧气量，一般用血氧饱和度评价。大部分氧气由红细胞携带，从血液中收集氧气并将其输送到身体的各个部位。重症患者的心电监护设备，除了显示血压、心率外，还常规显示血氧饱和度。监测血氧饱和度，使其保持在特定范围内，才能保证有足够的氧气满足身体每个细胞的需要。

21. 口腔保健师一般会在执业牙医的监管下独立完成大部分工作，他们是牙科团队的重要成员。他们通常在诊所中负责预防性的牙科检查与护理程序，此外还教导患者改善并保持口腔健康的方法。

22. 鲍里斯·约翰逊（Boris Johnson）：现任英国首相。

23. 阿森纳：这里指的是阿森纳足球俱乐部，位于英国伦敦北部伊斯灵顿社区，是英格兰历史上最具规模的俱乐部之一。

24. 德比郡：这里指的是德比郡足球俱乐部，位于英格兰德比郡。

25. 鼻饲管（Nasogastric tube，NG tube）：所谓的鼻饲，就是在特殊情况下，人工把胃管经鼻腔置入食道中，先把食物用磨碎机打糊，用大注射器连接胃管接头下面的大注食口，连接牢固后，手动加压推杆活塞往患者胃里打水和食物，为不能自主吞咽的患者提供水和食物，维持体内代谢、体重和营养。

26. 强哥·莱恩哈特（Django Reinhardt，1910—1953）：法国音乐家，欧陆爵士最负盛名的传奇吉他手。

27. 英文原文是“May the fourth be with you!”。“5 月 4 日”的英文发音与《星球大战》中最著名的台词 May the Force be with you（“愿原力与你同在”）前半部分一致，因此这一天被官方定为“星球大战日”。

28. SPA：源自拉丁文的 Solus Par Agula，直译就是用水进行治疗，获得健康，即“水疗”。

29. 戴夫·布鲁贝克（Dave Brubeck，1920—2012）：美国钢琴家、作曲家，美国爵士乐先锋。

30. 高依赖病房（High Dependency Unit，HDU）：又称加护病房。HDU 是 ICU 与普通病房之间的医疗单位。

31. 原文只有 every cloud。英语中有句俗话，叫 Every cloud has a silver lining，直译为“每片云朵都有银边”，意思是乌云背后总有一线光芒，守得云开见月明。

32. 说话瓣膜（speaking valve）：指的是一个单向通气阀门，在气切插管处衔接。吸气时瓣膜打开，气流通过瓣膜打开的缺口进入气道，呼气时瓣膜关闭，气流从气管导管与气管间隙通过上呼吸道呼出，能有效地改善吞咽和言语功能，可以减少误吸、改善社交等，对使用呼吸机的患者同样适用。

33. 雾化器：医用雾化器将药液雾化成微小颗粒，药物通过呼吸吸入的方式进入呼吸道和肺部沉积，从而达到无痛和迅速有效的治疗，属于二类医疗器械。

34.《圣诞颂歌》(*A Christmas Carol*)：查尔斯·狄更斯创作的三部圣诞小说之一，创作于1843年。狄更斯也因此被称作“圣诞之父”。

35.《女人，不要哭泣》(*No Woman No Cry*)：由Marley & the Wailers乐队创作的一首雷鬼风格歌曲，最早发行于1974年的专辑*Natty Dread*，在2004年《滚石杂志》评选的史上最伟大的500首歌曲中名列第37位。

36. 屁股皱褶（bum-crease）：正式的说法应该叫gluteal crease（臀皱褶）。

37. 约翰·阿加德（John Agard）：1949年，阿加德出生于英属圭亚那的乔治敦，1977年移居英国。1997年，阿加德获得保罗·哈姆林诗歌奖，2004年获得乔蒙德利奖，2012年被授予年度英国女王诗歌金奖。阿加德还是一位儿童文学作家。

38. 迈克尔·霍尔丁（Michael Holding）：1954年，霍尔丁出生于牙买加，著名板球运动员。

39. 肺中的支气管经多次反复分枝成无数细支气管，它们的末端膨大成囊，囊的四周有很多突出的小囊泡，就是肺泡。

40. 传送门（portal）：这里指的是可以穿越到其他世界或时空的门，多出现在科幻故事中。
41. 关于爱丽丝的那套书：指的是 19 世纪英国作家兼牛津大学数学教师刘易斯·卡罗尔创作的两部儿童文学作品，即 1865 年出版的《爱丽丝漫游奇境》，以及 1871 年出版的续作《爱丽丝镜中奇遇记》。
42.《牛奶树下》（*Under Milk Wood*）：《牛奶树下》是诗人狄兰·托马斯创作的诗剧，后被改编成广播剧和舞台剧。1972 年的电影版由理查德·伯顿、伊丽莎白·泰勒和彼得·奥图尔等主演。故事背景设置在一个虚构的名为拉来加布的威尔士渔村，充满了超现实主义梦幻色彩。
43. 坐月子：在英语中，confine 这个词还有“限制”、“禁闭”、“幽禁”，以及“受困于床或轮椅”等含义。
44. 马麦酱（Marmite）：一种黏稠状、深棕色且有独特风味的酱，由生产啤酒时的副产品，即酿酒酵母提取制成。对马麦酱的评价完全是两个极端：喜欢的人称其为“爱之神酱”，不喜欢的人贬它为“生化武器”。
45. 詹姆斯·乔伊斯（James Joyce，1882—1941）：爱尔兰作家、诗人，后现代文学的奠基者之一，其作品及“意识流”思想对世界文坛影响巨大。代表作有《尤利西斯》和《芬尼根的守灵夜》等。
46.《每日邮报》（*Daily Mail*）：英国第二大受欢迎的报纸，

通俗报纸中较为严肃的一类，既有国家大事，也有社会新闻、猎奇故事、生活知识和搞笑内容，整体比较接地气，读者多为中产阶级家庭主妇，女性路线是主打路线之一。

47. 齐默式助行架（zimmer frame）：老人或病人等用以助行的一种轻型金属架，作用是保持立位身体平衡、支撑体重、训练行走、增强肌力。

48. 1 英寸约等于 2.5 厘米。——编者注

49. 希瑟·斯莫尔（Heather Small）：英国著名流行乐队 M 人（M People）的黑人女主唱。

50. 沃特福德（Watford）：位于英格兰东南部的赫特福德郡。

51. 作者用这种具象化的语言描写自己恢复听力后听到的声音的“模样”：声音振动产生的脉冲就像跳动的蓝色豌豆。——编者注

52. 诺森伯兰郡（Northumberland）：英格兰最北部的一个郡。

53. 行过死荫的幽谷（walk through the valley of the shadow of death）：引自《圣经·旧约·诗篇》第 23 篇。

54. 这里指的是刺突蛋白（spike protein），它们负责将病毒颗粒或病毒粒子附着在宿主细胞表面的受体位点上，并通过触发包膜和宿主膜之间的融合使含有病毒遗传物质的核衣壳释放到宿主细胞的细胞质中。通俗地讲，刺突蛋白是新型冠状病毒入侵人体细胞的“钥匙”，因

而现在用作主要疫苗的靶点。

55. 轻微脑血栓：脑血栓的一种特殊类型，是在高血压、动脉硬化的基础上，脑深部的微小动脉发生闭塞，引起脑组织缺血性软化病变。临床上患者多无明显症状，约有 3/4 的患者无病灶性神经损害症状，或仅有轻微注意力不集中、记忆力下降、轻度头痛头昏、眩晕、反应迟钝等症状。但轻微脑血栓如果成为多发性的，就会影响脑功能，导致智力进行性衰退，最后导致脑血管性痴呆。

56. 非那雄胺（Finasteride）：治疗前列腺增生和男性脱发的药物。

57. 阿哌沙班（Apixaban）：艾乐妥，一种用于预防静脉血栓栓塞和房颤中风的抗凝血剂。

58. 呋喃妥英（Nitrofurantoin）：主要用于敏感菌所致的泌尿系统感染。

59. 左甲状腺素（Levothyroxine）：左甲状腺素钠片适用于先天性甲状腺功能减退症，以及儿童与成人的各种原因引起的甲状腺功能减退症的长期替代治疗。

60. 多佐胺（Dorzolamide）：多佐胺滴眼液主要用于治疗青光眼。

61. 比马前列素（Bimatoprost）：一种前列腺素药，最早被用于治疗青光眼等眼科疾病。

62. 噻吗洛尔（Timolol）：噻吗洛尔滴眼液主要用于原发

性开角型青光眼、无晶状体青光眼等病症。

63. 青光眼：眼内压过高，影响视神经乳头正常功能的眼病。

64. 正常眼压范围在 10—21 毫米汞柱，若眼压超过 21 毫米汞柱，或双眼压差值大于 5 毫米汞柱，或 24 小时眼压差值超过 8 毫米汞柱，则为病理性眼压升高。

65. 眼房为眼内不规则形的腔隙，位于角膜、晶状体和睫状体之间。它被虹膜分为二部：在虹膜之前与角膜之间的眼前房；虹膜后面与晶状体之间的眼后房。

66. 内侧韧带：又称三角韧带，较坚固，是距小腿关节内侧一重要的稳定结构。

67. 氧解离曲线（oxygen dissociation curve）：简称氧离曲线，表示氧分压与血氧饱和度关系的曲线，以氧分压值为横坐标，相应的血氧饱和度为纵坐标。

68. 克雷布斯循环（Krebs cycle）：又称三羧酸循环，以 1953 年诺贝尔生理学或医学奖获得者之一，德裔英国医生兼生物化学家汉斯·阿道夫·克雷布斯博士的名字命名。三羧酸循环是三大营养素，即糖类、脂类、氨基酸的最终代谢通路，又是三大营养素代谢联系的枢纽。

69. “患者日记”：英国医院（特别是在 ICU）常用的一种记录工具，用来记录患者在特殊治疗和护理期间的状况，包括病情、诊断、药物使用、检测结果等，主要由医院工作人员，特别是护士完成。事后，患者可

以通过阅读日记来了解特殊监护期间发生的一切，帮助恢复记忆和缓解压力。——编者注

70. 第四频道（Radio Four）：BBC（英国广播公司）的主要电台频道之一，节目涉及的领域主要为非音乐娱乐节目、新闻、纪实节目。

71.《远大前程》：又译《孤星血泪》，是英国作家查尔斯·狄更斯晚年写成的长篇小说。

72.《第二十二条军规》：美国作家约瑟夫·海勒创作的长篇小说。该小说以第二次世界大战为背景，通过对驻扎在地中海的虚构小岛皮亚诺扎岛上美国空军飞行大队发生的一系列事件的描写，揭示了一个非理性、无秩序、梦魇似的荒诞世界。

73.《麦田里的守望者》：美国作家杰罗姆·大卫·塞林格创作的唯一一部长篇小说，首次出版于 1951 年。故事发生在 16 岁的中学生霍尔顿·考菲尔德离开学校到纽约游荡的一天两夜内，并借鉴了意识流的写作方法，充分探索了一个十几岁少年的内心世界。

74. 伊萨克·巴别尔（Isaac Babel，1894—1940）：苏联籍犹太作家、短篇小说家。代表作有短篇小说集《骑兵军》，其中以《我的第一只鹅》最为著名。

75. 亚历山大·赫尔岑（Alexander Herzen，1812—1870）：俄国思想家、革命活动家，反对沙皇专制主义。代表作有长篇小说《谁之罪？》，中篇小说《克鲁波夫医生》和

《偷东西的喜鹊》。

76. 安东·马卡连柯（Anton Makarenko，1888—1939）：苏联杰出的教育家、作家，著有《教育诗》《塔上旗》《父母必读》《儿童教育讲座》等。

77. 下颌骨半侧切除术亦称“一侧下颌骨全切除术”，适用于下颌骨恶性肿瘤以及颌骨破坏严重的肿瘤的治疗。

78. 意第绪语（Yiddish）：中东欧犹太人及其在各国的后裔使用的一种从高地德语派生的语言。

79. 我还算长寿：have had a good innings 为板球用语，表示击球得胜，也有“够长寿”的意思。

80. 吉姆·莱克（Jim Laker，1922—1986）：英国著名板球运动员。

81. 马斯韦尔·希尔（Muswell Hill）：伦敦北部的一个郊区，主要位于伦敦哈林盖区。——编者注

82. 右心耳：自右心房左前方的锥体形盲囊突出部。内面梳状肌发达，似海绵状，当心功能障碍时，心耳处因血流缓慢，血液淤积，易导致血栓形成。

83. 心脏四个空腔中的右心房接收上腔静脉和下腔静脉流回心脏的静脉血，经过心脏瓣膜进入右心室，再通过心脏跳动进入肺动脉。

84. 鼻子高于脚趾：人们在起立或搬运东西时，要让“鼻子高于脚趾”，为的是保持身体平衡，避免受伤。

85. 科学派（Scientology）：由美国科幻小说家 L. 罗

恩·哈伯德于1952年创立的信仰系统。

86.《格雷厄姆·诺顿秀》(*The Graham Norton Show*):BBC的一档喜剧性谈话节目。

87. 曼城(Man City):指的是曼彻斯特城足球俱乐部,绰号“蓝月亮”,位于英国曼彻斯特。

88. 佩普·瓜迪奥拉(Pep Guardiola):1971年出生于西班牙加泰罗尼亚大区桑特佩多市,前西班牙足球运动员,现执教曼彻斯特城足球俱乐部。

89. 不可靠叙述者(unreliable narrator):指在文学、电影、戏剧作品中,可信度受到质疑的叙述者。1961年韦恩·布思在《小说修辞学》一书中首次提出这个概念。布思聚焦于两种类型的不可靠叙述:一种涉及故事事实,另一种涉及价值判断。

90.《新闻之夜》(*Newsnight*):BBC与新闻调查社共同制作的一档人物访谈脱口秀节目。

91. 科学家们长期以来一直坚持认为,病毒没有生命,是因为它们不符合我们对生命的定义。它们不能进行新陈代谢,不能对环境变化做出任何反应,不能生长,不能排泄。它们唯一真正进行的过程就是复制,但这种复制无法独立进行。它们大部分时间不活跃,如果没有宿主,甚至不能生存。

92. Xen手术:一种全新的青光眼微创手术。Xen是一种创新的青光眼引流管,长6毫米,内径45微米,作为一个微创装置植入。手术时间大大缩短，也降低了术中及术后不良事件发生率。

93. 罗尔德·达尔（Roald Dahl，1916—1990）：挪威籍英国杰出儿童文学作家、剧作家和短篇小说作家，代表作有《查理和巧克力工厂》和《了不起的狐狸爸爸》等。罗尔德·达尔的儿子西奥在 4 个月大时，坐的婴儿车被出租车撞到，导致头部受重伤，得了脑水肿，眼睛也几乎失明。罗尔德与几位专家共同研究出 Wade-Dahl-Till（WDT），一种可以减轻水肿症状的医疗器械。西奥因此得以康复，并顺利长大成人。

94. 兰兹角：位于英国西南端康沃尔半岛的海角，直译为"陆地尽头"，也被称为英国的"天涯海角"。

95. 1 英尺约等于 30 厘米。——编者注

96. 原文是 echocardigan，可能是作者自造的一个词，其中 echo 意为"回声"等，cardigan 意为"羊毛衫"。

97. 超声心动图（echocardiogram）：利用超声短波的特殊物理学特性检查心脏和大血管的解剖结构及功能状态，属于无创性检查。

98. 超声探头涂过耦合剂，所以黏糊糊的。

99. 巴巴多斯：位于东加勒比海小安的列斯群岛最东端。2021 年 11 月 30 日，巴巴多斯宣布取消英国女王的国家元首地位，改制为共和国，迎来有史以来第一位总统。

100. 水性凝胶：这里指的是医用耦合剂，一种水溶性高分

子胶体，用于临床 B 超检查，排除探头和被测物体之间的空气。它的 PH 值为中性，对人体无毒无害，可使超声显像清晰，对超声探头无腐蚀、无损伤。

101. 再见凝胶（ta-ta-gloop）：ta-ta 在口语中是“再见”的意思。这或许又是作者自造的一个词。

102. 在风下（below the wind）：沙巴享有“风下之地”或“风下之乡”（Land Below the Wind）的美誉，因为台风经过菲律宾时不会经过这里。

103. 半人半饼干（Half Man Half Biscuit）：英国的一支后朋克乐队，成立于 20 世纪 80 年代，一直活跃至今。

104. 嗓音治疗师：所谓的“嗓音治疗”，就是从发声的基础做改变，训练发声肌群，改善说话方式，建立良好的用声习惯。研究显示，治疗效果很好。

105. 雾号：用于船只、救生艇或海岸服务的号角，在雾中或黑暗中发出警告信号，是一种航行设备。

106. Zoom：视频会议应用程序。

107.《水孩子》（*The Water Babies*）：19 世纪英国作家查尔斯·金斯利的童话代表作，写成于 1863 年。在这部童话中，作者生动讲述了一个扫烟囱的孩子如何变成水孩子，在仙女的引导下，经历各种奇遇，最后长大成人的美丽故事。

108. 半规管（semicircular canal）：与维持姿势和平衡有关的内耳感受装置，是内耳的组成部分。由三个相互垂直的环状管，即上半规管、后半规管和外半规管组成，连结内耳与前庭。

109. 在每个半规管内部都充满了黏稠的胶质液体，即内淋巴。

110. 兆赫（megahertz）：波动频率的基本单位是赫兹，采用千进位制；1 兆赫相当于 1 000 千赫，也就是 10 的 6 次方赫兹。

111. 卡利班：莎士比亚戏剧《暴风雨》中半人半兽的怪物。

112. 普洛斯彼罗：莎士比亚戏剧《暴风雨》中的主人公，他是米兰公爵，但毫不贪恋权位，完全投身于超脱世俗的事业，代表了一种贤者形象。

113. GCSE：General Certificate of Secondary Education，英国普通中等教育证书，相当于中国的初中毕业文凭。但实际上，GCSE 是英国中学 10 年级和 11 年级学习的课程，程度和要求都比国内初中毕业生要高。

* 医学术语部分由北大医学部硕士、临床副主任医师尹璐瑶女士审定。

写给水石书店顾客的独家文章

长时间住院——就像我这样——会经历一些奇怪的事，比如，你会经历多次身份转变。以我为例，有段时间，我把日常生活当成一系列选择来规划。我发现我在这方面很幸运，但我已经走到这一步：今天拜访学校，明天录制广播节目，后天在大学里教书，大后天写点东西，之后是满怀希望又紧张地看阿森纳队的比赛。因为我病情恶化，我妻子开车（我女儿坐在后座上）送我去急诊室，进入这样一个世界：很多双手触碰我，注射，戴面罩，打点滴。几天后，我的故事，就是我将自己交给那些设法让我活下去的人的故事，发生了更大转折，因为他们决定让我进入诱导性昏迷状态，这样才能把呼吸机的管子插进我的喉咙里。

在那个时刻，我想我不能说我就是我自己。好吧，那就是我，但我不能像通常意义上那样掌控自己。确实，我的神经系统中负责循环、呼吸和消化的部分表现得好像我还是我。它们可以正常运转。但这个系统掌握在医护团队手中。太棒了！他们救了我的命，因此我爱他们。

后来，我被唤醒——显然不是件容易的事。医护团队努力了，而我似乎以谵妄的方式做了回应——他们是这么告诉我的。不可思议！我“听见”人们对我说话，却完全没有意识，也没有真正“在场”。我妻子的探视扭转了这个局面，她带来一台平板电脑，上面有我们的孩子跟我说话的视频。据顾问医师说，没过多久，我就“清醒”了。

这意味着什么？我经历的层层“知”与“不知”到底是什么？我不知从何说起，因为我完全不记得了。我最初的记忆是躺在床上，因为肚子饿或者鼻子里插了根管子而恼火。在这个阶段和下一个阶段（在康复医院），我感觉好像住在酒店里，日夜都有人伺候。这本身可能是一种难得的享受。我们这些患病或遭受意外的人能得到这种护理很美好，也令人难以置信。但这一切还有另一面：这是一种监禁。我得赶紧补充一句，不是惩罚性的那种。但我和周围的病人感觉像被囚禁在一张床上或者一间病房里，日常是我们不能控制，也不该控制的。我想说，这种感觉令人不安。那几个星期，我逐渐开始觉得，想做任何事都必须先征得许可。如果我妻子送来鹰嘴豆泥，我可以把它放在病房的冰箱里吗？如果可以，我怎样或者应该怎样才能吃到它（考虑到我不能下床）？如果我不是百分百确定要大便，可以要便盆吗？还是应该等到确定后再要？诸如此类的事情。

在康复医院，那个优秀的团队教我站立和行走。我在这本书里讲了这个故事。他们跟我说过好几次，他们是在教我照顾自己，教我“减少依赖”。我都记得，但当时，我觉得我不理解或者不相信他们。

后来，我回家了。身体的康复之路众所周知。我们必须变得越来越强壮。但现在我意识到，在精神层面，这是另外一回事。问题是，我接受了三个月不做自己的训练，把自己交给了那些善良、体贴的人，因为他们比我更了解我自己。现在我要靠自己了。但我是在靠自己吗？我是谁？我的大脑在和怎样的身体协作？它既陌生又熟悉，既不同又相同。它的一部分已经失落。我就像一名考古学家，一开始，她很高兴发现了某个失落的东西——一件珍宝。但后来，她越来越失望，因为那件意外得到的艺术品缺少铭文的关键部分，或者侧脸损毁。然后，考古学家与这种失望做斗争。她说，毕竟我们发现了它，它很特别，而且映照出我们的部分自我和认知。

正如你所见，我正试着探索这一切，并期待从中有所收获。我反复回想那些片段：有些隐约可见，有些则逐渐淡去。新冠肺炎可能会影响我们的记忆力，而就我而言，是大脑微出血。现在有一种观念：我们把大脑看作思想的房间，而非物质的，它只是漂浮在那里为我们工作，这样我们就可以说话、写作，当然还有思考。然后，有些事情出现，提醒你大脑是组织，是物质。血液可以渗入大脑，对思想做手脚。血液在某种意义上会变成思想吗？肯定不会。反正，我永远不会知道。

这一切的背后有几十张面孔，这些人有他们自己复杂的生活，有爱情，有欢喜，也有悲哀。他们是 NHS 的义工和工作人员——我再重复一遍，他们救了我的命。遗憾的是，他们中的大多数人已经从我的脑海中溜走。他们在我知道却忘记的那一层。我看见过、听见过他们，却不认识，也不记得。太讽刺了！那些人为我付出了那么多，但当我做白日梦时，却想不起他们，也不能在心里说“谢谢”。但我确实想说出来，此刻我正在说。而且，我希望这本书道出了我的感恩。

译后记

行过死荫的幽谷

我虽然行过死荫的幽谷，也不怕遭害，因为你与我同在。

——《圣经·旧约·诗篇》23 篇 4 节上

书好不好不在薄厚，《各种各样的爱》书虽小，余味浓，后劲足，而纷繁支离的思绪使我一时无从落笔。朋友问我感觉最受启发的是什么，我说难就难在不可一言以蔽之。罗森不是给“答案”的鸡汤型作者，他既不给自己打气，也不让自己泄气。“喜，怒，哀，惧，爱，恶，欲，七者弗学而能。”他有作为病人的烦恼与苦痛，也有“大流行”背景下身为公民的暴躁与愤怒，更有身为幸存者的感恩与侥幸。可是……面对疾病，怎么办？我将自己代入罗森的角色，他或许会很镇静地回答：面对。

两天的时间，我一直在寻找那个贯穿全书的核，却怎么也找不到，直至偶遇乔治·巴塔耶，才将这个核提纯为“死亡”。巴塔耶说：“在一个个体存在和另一个个体存在之间有一道深渊，这一万丈深渊，我无法消除。我们唯一可以共同做的，就是感受面对这一深渊时的头晕目眩。这道深渊在某种意义上就是死亡。”

“死亡”这个词，罗森在书中提过很多次。罗森了解死亡。正如他三次学习走路，他也三次目睹亲人离去：母亲在他眼前死去。他看到父亲临终时的样子，腿干瘪、发白、起皱。医生让他摸儿子埃迪的脉搏，摸不到，医生随即宣告他的儿子死亡，那年，埃迪 18 岁。2020 年，74 岁的罗森在生死之间的临界，即重症监护室参与（或者，用他自己的话说“并未参与”，诱导性昏迷导致那几个星期记忆空白，他在场，又不在场）了一场死亡预演，一场为真正死亡所做的彩排。我们印象中的迈克尔·罗森并不完全是书中这个更真实的样子，而是他在短视频里的模样——响亮的咋舌；从屏幕里飘出 HOT FOOD 的香味；瞳仁遗世独立，上下左右哪儿都不挨不靠的上下三白眼；一脸两三天没刮、花白亲切的胡子楂儿。我们想当然地以为迈克尔·罗森的使命是给人们带来快乐。是，也不是。Nice 大叔或许是个网络标签化的快乐使者，而迈克尔·罗森则和你我一样，面对死亡时，他也是一个会说“我想活着”“我正忙着尽量别死”的普通人。

人类强大，上天入地；人类渺小，生如蜉蝣。我们独自生，也独自死。你死了，死的不是我；我死了，死的不是你。“我们难以承受自身是偶然的、终将死去的个体。”新冠疫情还没结束，俄乌战争又来了，不变的是最寻常也最无常的疾病。活在世间，我能掌控的微乎其微，所以只好祈祷，为个体，也为世界。我们还是不要谈论死亡了。让我们为世界祈福，同时做个嘻哈歌手特有的手势——Love and Peace（爱与和平）。

赵文伟
2022 年 3 月 3 日
于北戴河

图书在版编目（CIP）数据

各种各样的爱 / (英) 迈克尔 · 罗森著; 赵文伟译
. -- 北京 : 中信出版社, 2022.6
书名原文: Many different kinds of love: A
story of life，death & the NHS
ISBN 978-7-5217-4271-8

Ⅰ. ①各… Ⅱ. ① 迈…② 赵… Ⅲ. ①诗集—英国—
现代 Ⅳ. ①I561.25

中国版本图书馆CIP数据核字（2022）第065939号

各种各样的爱

著　　者：［英］迈克尔 · 罗森
译　　者：赵文伟
出版发行：中信出版集团股份有限公司
（北京市朝阳区惠新东街甲4号富盛大厦2座　邮编　100029）
承 印 者：山东润声印务有限公司

开　　本：880mm × 1230mm　1/32　　印　　张：10　　字　　数：70千字
版　　次：2022年6月第1版　　印　　次：2022年6月第1次印刷
京权图字：01-2022-2698
书　　号：ISBN 978-7-5217-4271-8
定　　价：49.80元